O LIVRO DOS TÍTULOS

PEDRO CARDOSO

O LIVRO DOS TÍTULOS

3ª edição

EDITORA RECORD
RIO DE JANEIRO • SÃO PAULO
2018

CIP-BRASIL. CATALOGAÇÃO NA PUBLICAÇÃO
SINDICATO NACIONAL DOS EDITORES DE LIVROS, RJ

C266L
3ª ed.

Cardoso, Pedro
O livro dos títulos / Pedro Cardoso. - 3ª ed. - Rio de Janeiro: Record, 2018.

ISBN 978-85-01-11213-2

1. Romance brasileiro. I. Título.

17-44386

CDD: 869.93
CDU: 821.134.3(81)-3

Texto revisado segundo o novo Acordo Ortográfico da Língua Portuguesa.

Direitos exclusivos desta edição reservados pela
EDITORA RECORD LTDA.
Rua Argentina, 171 - Rio de Janeiro, RJ - 20921-380 - Tel.: (21) 2585-2000.

Impresso no Brasil

ISBN 978-85-01-11213-2

Para Mabel, Nina, Maria e Luiza

How can I tell you
That I love you,
I love you
But I can't think of right words to say

I long to tell you
That I'm always thinking of you...
I'm always thinking of you,
But my words just blow away.

Yusuf Islam, anteriormente Cat Stevens,
em "How Can I Tell You"

Como era bom

o tempo em que marx explicava o mundo
tudo era luta de classes
como era simples
o tempo em que freud explicava
que édipo tudo explicava
tudo era clarinho limpinho explicadinho
tudo muito mais asséptico
do que era quando eu nasci
hoje rodado sambado pirado
descobri que é preciso
aprender a nascer todo dia

Chacal

I

Eu nunca gostei de ler, mas sempre gostei de livros. Quando era jovem, e cria que toda a gente prestava atenção em mim o tempo todo, eu carregava sempre um livro comigo e fingia ler. Eu acreditava que, sendo um grande leitor, ninguém jamais sentiria pena de mim por eu estar constantemente sozinho. O livro me protegia da piedade dos outros.

Quando digo que fingia ler, não é que eu o fizesse deliberadamente. Eu bem que tentava, mas nunca consegui engrenar na leitura. Eu abria o livro cheio de entusiasmo, ansioso por conhecer a razão do título, mas a minha atenção se dissipava antes do fim da primeira página. Eu lia sem ler. *O Picapau Amarelo*, de Monteiro Lobato, *Dôra, Doralina*, de Rachel de Queiroz, *Menino de engenho*, de José Lins do Rego... Meus olhos percorriam as letras, mas eu boiava sobre as palavras sem nunca me afundar na estória, qualquer que ela fosse.

A cantilena da leitura me conduzia inexoravelmente a uma sonolência branda que apagava paulatinamente a presença do mundo ao meu redor. Aprisionado na oscilante fronteira entre o sono e a vigília, a minha mente se embebedava com assuntos diversos aos do texto e eu, do livro, logo já nada sabia. Ainda que digam de mim que eu tenho uma memória prodigiosa, e de fato eu guardo tudo o que me acontece, dos livros por onde meus olhos passearam, nada me ficou. Ou, se ficou, escondeu-se. *Primeiras estórias*, de João Guimarães Rosa...

A leitura me projetava sempre nesse lugar sem tempo, onde os meus pensamentos corriam ao meu lado como um rio de planície cuja suave trajetória me dava gosto margear. *Capitães da areia*, de Jorge Amado, *S. Bernardo*, de Graciliano Ramos... Era como uma droga; um entorpecente que me livrava do desconforto de estar sempre comigo mesmo. E só a leitura me propiciava esse alívio. Nem a música, nem o cinema, muito menos o silêncio... Nenhum desses indutores da introspecção tinha efeito sobre mim. Apenas a leitura era capaz de me alienar. E, caso ela fosse interrompida, o seu efeito alucinógeno cessava imediatamente. Era preciso estar lendo para não ler. A voz do pensamento delirante só se fazia ouvir quando apoiada na voz murmurante da leitura silenciosa *Senhora*, de José de Alencar, *Helena*, de Machado de Assis...

Havia uma outra atividade que também apaziguava o meu espírito atormentado: jogar futebol de botão. Meu pai me apresentou a essa miniatura da realidade quando eu era tão pequeno que nem me lembro quando foi. Mas eu não gostava de jogar com ele; ele jogava desatento... Era evidente que ele estava pensando em outra coisa. Eu gostava de jogar sozinho. Eu batizava os botões com nomes de jogadores famosos de todos os tempos, escalava times galácticos e organizava um campeonato de pontos corridos. Eu manipulava as duas equipes, narrando as jogadas como um locutor de rádio; anotava os resultados, os artilheiros, as expulsões... Tinha até um tribunal esportivo para julgar os casos mais polêmicos. E, ao fim da temporada — que, muitas vezes, transcorria em um único dia —, eu consagrava um campeão. Era tranquilizador e animado. Jogando botão, o tempo passava sobre mim como uma ondulação do mar; sem estourar na minha cabeça. *Iracema*, de José de Alencar, *A Moreninha*, de Joaquim Manuel de Macedo, *O crime do padre Amaro*, de Eça de Queirós...

Um pouco mais velho, eu descobri que era capaz de não ler — por assim dizer — em outras línguas. Como toda a gente da minha escola, eu falava um quase nada de inglês, um pouco menos de francês, e o espanhol e o italiano que todo falante do português acredita que sabe. Lendo em língua estrangeira, eu decolava ainda mais rapidamente para o espaço do meu mundo interior; a pedrinha da minha atenção ricocheteava sobre a dissonância das palavras estranhamente semelhantes como se sobre um mar densamente salgado se rebatesse. *Crónica de una muerte anunciada*, de Gabriel García Márquez, *Le grand Meaulnes*, de Alain-Fournier, *Brave New World*, de Aldous Huxley, *Il deserto dei Tartari*, de Dino Buzzati...

Nesses meus momentos de alheamento, eu sonhava com o meu Eu Rico. As casas, os carros, os iates, os cavalos, os relógios, as canetas, os isqueiros, as luvas... Todas as coisas de rico que eu teria! E a mulher, sempre uma só, que eu libertaria da tristeza e da opressão, arriscando a minha vida por ela. E eu seria também um rico magnânimo, bondoso para com os pobres e adorado por isso. Se o devaneio perdurava tempo suficiente, a minha vida sonhada chegava ao encontro erótico e eu usufruía de um sexo intenso, mas calmo, muito amoroso, embora viril. E logo inimigos vinham me ameaçar e o homem rico que eu era se via envolvido em lutas marciais ou duelos de florete. *Emmanuelle*, de Emmanuelle Arsan, *Histoire de l'oeil*, de Georges Bataille...

Eu nunca soube o quão longe a minha vida sonhada me levaria caso ela durasse para além desse roteiro sempre semelhante. A obrigação de passar a página já lida interrompia o fluxo da leitura e me despertava brevemente. Quando voltava a sucumbir à imaginação, eu buscava recuperar o fio da estória, mas ela então já era outra. Não tivesse que fazer o esforço do gesto e eu provavelmente ficaria suspenso sobre as palavras até que a fome, ou outra urgência qualquer, me forçasse de volta a uma realidade exterior ao livro sobre cuja falsa leitura o meu desvario se sustentava. *The martian chronicles*, de Ray Bradbury, *Madame Bovary*, de Gustave Flaubert, *Voyage au centre de la Terre*, de Jules Verne...

Durante a juventude, eu ainda tive esperança de que leria um livro inteiro. Acordava determinado a fazê-lo, mas fracassava. A dança hipnótica das letras, os assuntos tão longe de mim e também a vontade de sumir dentro da minha fantasia me levavam embora na primeira curva de uma frase mais longa. Quando me tornei um jovem adulto, aceitei finalmente que eu jamais conseguiria ler um livro, que eu detestava fazer o esforço de me manter atento ao que estava escrito, que eu desejava mesmo era me entregar o mais rápido possível ao mundo dos meus pensamentos, para o qual eu escorregava embalado pelo mantra da leitura.

Com o passar do tempo, me tornei um dependente químico, com crise de abstinência e tudo. É difícil dizer em que momento o vício se enraizou dentro de mim. Desde que me lembro, eu lia o tempo todo. No ônibus, no banheiro, na banheira, até durante o recreio... *Le Petit Prince*, de Antoine de Saint-Exupéry, *Pau Brasil*, de Oswald de Andrade, *Foundation*, de Isaac Asimov... Até mesmo nas primeiras festinhas com música, eu pretendia estar tão interessado na leitura que não tinha vontade alguma de dançar ou conversar. E só Deus sabe o quanto eu desejava entregar o meu corpo ao ritmo, e quantas vezes, atento à falação dos meus colegas, eu disse em silêncio frases brilhantes cuja originalidade e ousadia os teria feito pasmar. *Le città invisibili*, de Italo Calvino...

Quando não havia ameaça iminente de alguém se dirigir a mim, eu costumava tirar os olhos do livro e vagava o olhar sobre o vazio, como se algo na leitura houvesse sido tão intenso que me forçara a uma pausa. Eu me imaginava, então, sendo observado de perfil, a um canto recolhido, o queixo apontado para cima, a expressão ausente e grave. Uma pessoa aprisionada em sua própria inteligência, eu acreditava parecer, e me julgava reconhecido. Quando terminei os estudos, os meus colegas de escola me tinham como um promissor intelectual. As minhas notas medíocres eram entendidas como uma excentricidade do meu gênio.

Na ausência absoluta de testemunhas, eu até que descansava de ter um livro aberto nas mãos e conseguia me entreter com as notícias que eu ouvia no rádio — televisão sempre me deixou confuso — ou desenhava abstrações. Eu sempre só desenhei coisa nenhuma. Mas, com a chegada da puberdade, meu incômodo comigo mesmo se intensificou. Mesmo sozinho no meu quarto, a presença da minha própria pessoa denunciava-se a si mesma e eu temia me surpreender na solidão. Passei a buscar o socorro de um livro para fugir à indiscrição da minha própria privacidade. *Grande sertão: veredas*, de João Guimarães Rosa... A única atividade que sobreviveu ao fim da minha infância foi o futebol de botão; mais nada. Ah: e ouvir as notícias no rádio, também.

O meu amor pelo livro, o objeto, se intensificava à medida que eu aceitava a minha incapacidade de efetivamente ler, e reconhecia no livro o portal para o meu alheamento. Como o alcoólatra, que ao comprar a garrafa já se tranquiliza, ter um livro comigo desacelerava as palpitações do meu coração. Livros eram o meu narguilé. *Blade runner: do androids dream of electric sheep?*, de Philip K. Dick, *A bolsa amarela*, de Lygia Bojunga, *A vida íntima de Laura*, de Clarice Lispector...

Como todo dependente químico, a minha vida passou a girar em torno do vício. Eu deixava de lanchar na escola para comprar livros com o dinheiro economizado. Aos 18 anos, fui trabalhar para sustentar a minha perdição. Aos 21, eu já era proprietário de uma razoável biblioteca, quase toda adquirida na livraria Al-Qabu Edições Brasileiras, que ficava na minha rua.

Eu morava numa pequena casa, num subúrbio perdido da cidade, meio parado no tempo porque nenhum progresso passou por ali. A maioria dos habitantes era de gente idosa que herdou a casa dos pais, ou até dos avós. A fábrica de tecidos, que funcionava onde depois se instalou o supermercado, mandou construir casas geminadas para abrigar os funcionários. A nossa foi comprada ao neto de um tecelão que foi condenado por furto e teve que vender o patrimônio para pagar o advogado.

A minha rua era tão sossegada que o ar nem ventava, mas tinha tudo: farmácia, botequim, padaria, mercearia, posto de saúde, dentista, creche, banca de jornal, cinema e a livraria! Tudo velho, mas funcionando. Parecia um milagre, a minha rua parada no tempo. *O papalagui: comentários de Tuiávii, chefe da tribo Tiavéa, nos mares do sul*, de Erich Scheurmann, tradução de Samuel Penna Aarão Reis.

Ah! E tinha também o hospício, que se chamava Casa de Saúde Mental Antonin Artaud. O serviço de excelência foi fundado pelo dono da fábrica de tecidos porque ele tinha um filho demente e o hospício mais perto era do outro lado da cidade. O nosso hospital tinha tanto prestígio que vinha alucinado de todo o bairro e até das regiões vizinhas. No grande jardim que se estendia à frente do alpendre da casa neocolonial, os pacientes passavam o dia separados da liberdade apenas por uma grade de ferro. E maluco é gente que gosta de se comunicar. Passavam o dia inteiro mexendo com os transeuntes, fazendo amizades, xingando, cantando, contando piada... Uns pediam comida, outros queriam vender a roupa do corpo... Era divertido. Os malucos davam alguma vida ao nosso fim de mundo. *Rostros ocultos*, de Salvador Dalí, *The hound of the Baskervilles*, de Sir Arthur Conan Doyle...

No fundo da livraria do seu Velhinho Livreiro, era assim que a gente chamava o dono da Al-Qabu, tinha um sebo. A minha biblioteca foi quase toda comprada lá. Livros novos custavam mais a me tirar da realidade do que livros usados; daí a minha predileção pelos últimos. E depois, como eu não lia de fato, me agradava a ideia de comprar um livro que já tivesse sido lido por alguém; assim ele não sentiria falta, por assim dizer, de ser apreciado como merecia.

Eu percorria as prateleiras empoeiradas, provando cada livro com a afetação de um enólogo; e escolhia os meus prediletos pela beleza do título em combinação com o nome do escritor e as características da edição. *Crônica da casa assassinada*, de Lúcio Cardoso, *A bíblia da humanidade*, de Antero de Quental, *The love of the last tycoon*, de F. Scott Fitzgerald, *Les misérables*, de Victor Hugo, *Las venas abiertas de América Latina*, de Eduardo Galeano... O caráter do título dava destinação precisa aos meus delírios de riqueza e amor. Devanear sustentado em *Recordações do escrivão Isaías Caminha*, de Lima Barreto, não é a mesma coisa que fazê-lo sobre *Vidas secas*, de Graciliano Ramos; *Amar, verbo intransitivo*, de Mário de Andrade, não nos leva ao mesmo destino que *Il Gattopardo*, de Giuseppe Tomasi di Lampedusa.

Diferentes tipos de edição também influenciavam as minhas alucinações. Letras pequenas, apertadas umas contra as outras, produziam viagens com muitos percalços encadeados, aventuras de tirar o fôlego; já letras grandes, espalhadas confortavelmente sobre o papel, me levavam mansamente por paisagens românticas numa sucessão serena de acontecimentos. Letras com desenho sofisticado, ao estilo antigo, favoreciam regressos no tempo; letras retas e duras colocavam o meu Eu Rico em uma expedição interplanetária rumo ao Sol. Livros pesados carregavam o horizonte com nuvens plúmbeas, enquanto livros leves ensolaravam os dias e convidavam a banhos de mar; os de capa dura ensejavam dramas e as brochuras induziam a comédias; livros finos: estórias curtas; livros grossos: longas epopeias.

Livros, muitos livros, fossem quais fossem, aconchegavam o meu mundo como bichos de pelúcia ao quarto de uma criança. *Memórias sentimentais de João Miramar*, de Oswald de Andrade...

Bem... O meu amor peculiar por livros que eu nunca li, e com os quais eu me droguei diariamente, não despertaria maior interesse não fosse pelo fato inusitado de eu ter me tornado um escritor. Escritor de uma única obra, é verdade; mas não menos escritor ou um escritor menor por conta da pouca produção. Ao contrário: o que confere autenticidade ao meu título é, justamente, a singularidade do produzido.

A determinação de dedicar horas do meu dia durante anos da minha vida a escrever o único livro que escrevi jamais teria se imposto a mim não houvesse eu me apaixonado por Constança; e não fosse ela, por profissão e diletantismo, uma leitora incansável.

II

O primeiro e-mail daquele desconhecido me chegou na véspera de voltar para o Brasil. Eu havia subido para o meu quarto no Hotel Four Seasons, que se eleva sobre o Parque Eduardo VII, no centro de Lisboa. Vinha ansiosa para entrar na banheira depois de haver percorrido o sobe e desce das minúsculas ruas do bairro da Alfama. Eu e minha irmã mais nova estávamos acompanhando nosso pai a Portugal, em uma viagem comemorativa dos 70 anos que ele acabara de completar. Enquanto a banheira enchia, fui verificar a minha correspondência. Eu havia me envolvido em um novo relacionamento um pouco antes da partida e estava ansiosa por receber notícias do amor recentemente despertado. Mas não encontrei o que procurava. Sob o impacto da decepção, fui repassando a lista das últimas entradas, ainda com a esperança de que o desejado aceno de carinho houvesse me escapado.

Anotação posterior:

Eu nunca imaginei escrever um diário. Nem sei por que o estou fazendo agora. Acho que é só uma distração, algo para me fazer companhia ou me acalmar... Não sei.

É curioso que eu tenha escrito o primeiro parágrafo como quem se dirige a alguém, e não como uma anotação para mim mesma, que é o modo natural dos diários. Aconteceu espontaneamente, então vou deixar que continue como começou. Vamos em frente.

Receber e-mails de desconhecidos é algo que me acontece com frequência desde que me tornei editora-chefe para a América Latina da Books for EveryOne. A editora pertence a uma organização não governamental sueca, ligada à Unesco, que se dedica a incentivar o hábito da leitura em países ditos em desenvolvimento, apostando na publicação de autores do lugar, com temática e linguagem popular. Em outras palavras: escritores pobres escrevendo para leitores pobres.

Procuramos respeitar a escrita que se origina na permanente transformação da língua falada, buscando não impor os padrões da norma culta às nossas publicações. Acreditamos que o leitor se aproximará de uma literatura na qual ele reconheça o seu modo de ser e de se expressar.

Desde que assumi, tenho orgulho de ter editado grandes sucessos, entre os quais se destacam: *Um afrodescendente num mundo branco*, de Maiquel Santa Cruz, *Meu amigo rico*, de Pobre Pasmado de Oliveira, *Meu assunto não é mulher*, de Dalva Esperança, *Pondo o homem em seu lugar*, de Beatriz Santiago; além de trabalhos acadêmicos, como: *A reforma agrária prometida*, de Perdida Machado, *Falências e concordatas do negócio familiar*, de Iuratã Riovelho, *Cana-de-açúcar: ciclos de pobreza brasileira*, de Princesa Francisca Diana, *La América de los deserdados*, de Santigado Domingues, *Mi gente sin pátria*, de Ameríndia Lúcia del Charco, *En los escombros de las dictaduras*, de Joana Galvez e António Padre dos Santos, *Los amores abandonados del comandante Che Guevara*, de Dolores Passadas.

Cada livro publicado é para mim como um filho que entreguei ao mundo. Esse é o trabalho da minha vida! Comecei como estagiária no último ano da faculdade e, até hoje, um mestrado e um doutorado depois, enfrento cada novo dia com o mesmo entusiasmo do primeiro. Sou uma pessoa feliz com o que faz.

A chance de conhecer um novo escritor me enche de expectativa e entusiasmo. Foi talvez para fugir ao descaso do meu namoradinho de ocasião que eu abri o e-mail desse desconhecido. Por norma, nós só recebemos originais impressos, devidamente registrados na Biblioteca Nacional de cada país, para evitar qualquer possibilidade de apropriação indevida. Mas sempre o amigo de um amigo termina por franquear o meu e-mail pessoal para algum amigo desse amigo que sonha em ser escritor. Eu nunca os leio e peço que o interessado seja informado do protocolo que deve seguir. Mas aquele e-mail atraiu a minha atenção pela originalidade do remetente: "porfavor.meleia@..." Não resisti.

A ideia de um escritor que não gosta de ler me convidou a sorrir, ainda que o assunto tenha me parecido fantasioso demais. É sempre um desafio saber em que momento uma estória se universaliza. Em seu estudo *Into the inner life of literary works*, Steve McPeterson nos sugere uma imagem provocante: "A obra é a pororoca que se forma no encontro da subjetividade do escritor com o mar da subjetividade coletiva." Infelizmente, muitos rios deságuam apenas em outros rios ou em lagos, quando muito; e a pororoca/obra que se forma é pouco mais que uma marola.

É sempre triste dizer não a um amador. Toda obra é importante para quem a escreve e todo autor se acredita merecedor da atenção dos leitores. Mas nem todo desabafo chega a se tornar literatura. E, ainda que nos mantenhamos vigilantes para não cairmos nas armadilhas de um preconceito elitista, a Books for EveryOne tem um compromisso com a arte da escrita. Só publicamos textos que alcancem a expressão literária, e nunca meros relatos pessoais. O trabalho do misterioso senhor "porfavor.meleia@..." teria que se revelar mais consistente nos próximos capítulos para merecer a prateleira das livrarias.

Com a decisão tomada de adiar qualquer decisão, aquela pequena distração profissional se esgotou e a tristeza pelo abandono de amor me invadiu. Eu nunca me curei de acreditar que toda relação sexual marca o começo de um namoro. Fraqueza de mulherzinha que nem toda a minha autonomia conseguiu desmobilizar. Sem conceder uma lágrima àquele miserável egoísta, me afundei na banheira ao som das notícias na televisão.

Anotação posterior:

A coincidência de eu e a heroína do enigmático senhor "porfavor.meleia@..." termos o mesmo nome me passou despercebida, a princípio.

III

A primeira vez que eu vi Constança foi na festa de aniversário de um colega de classe. Ela foi convidada porque era a melhor amiga da irmã mais velha dele. Eu tinha 16 anos, ela, 18. Eu vinha pelo corredor, fingindo que lia *O grande mentecapto*, de Fernando Sabino, e entrei no escritório dos donos da casa buscando o cenário ideal para encenar meu retiro de intelectual. Junto à estante que cobria toda a parede do fundo, havia uma poltrona; e lá estava ela, confortavelmente sentada; e lia — ela, sim, verdadeiramente lia — *Un barrage contre le Pacifique*, de Marguerite Duras. Constança não deu atenção a mim; levantou os olhos do livro apenas porque a minha sombra lhe cortou momentaneamente a luz. Largou-me um meio sorriso gentil, desses que são destinados a desconhecidos, e voltou à leitura. Já eu sofri um abalo sísmico. Embora já conhecesse a paixão de vista, naquele momento fui apresentado a ela pessoalmente e sem nenhuma formalidade. O amor se personificou e o seu nome de batismo era Constança.

Sentei-me numa cadeira que havia mesmo junto à entrada e, escondido atrás de *O grande mentecapto*, contemplei a figura da mulher da minha vida com a atenção de um retratista. Falar da sua beleza é tão impossível quanto falar de qualquer beleza. Mas... Ela era linda! Cabelos castanhos dourados, cheios, pesados; olhos negros, redondos, cílios enormes; as maçãs do rosto salientes, explodindo saúde; o nariz como se feito à mão; os lábios, vermelho-escuros sem batom, emolduravam dentes perfeitos em um sorriso largo; seios de encher a mão, mas sem transbordar; magra; os ombros um pouco estreitos; a pele, morena bem clara, nos lembrava do sangue africano que corre em toda a gente brasileira; e o feitio do rosto indicava a presença do gene indígena na sua genealogia; o olhar de Constança era mesmo sagaz como o de uma curuminha.

Mas toda aquela formosura de proporções perfeitas não seria arrebatadora se não fosse habitada por um espírito sutil e misterioso; afeito, certamente, à nostalgia; embora uma alegria carnavalesca se mantivesse iminente, aguardando o rufar dos tambores para se libertar. Constança era uma explosão à espera do detonador; consumia-se num desejo de sensualidade que se mantinha contido pelo recato que um pudor profundamente enraizado lhe impunha. Mas era ao mesmo tempo serena em sua ansiedade, como alguém que fosse à frente do seu tempo em uma época de pouca liberdade, e houvesse, por essa razão, domesticado a sua fúria. E olha que tudo isso era apenas a primeira impressão que ela causava.

Diante de uma beleza assim exuberante, o desejo de reproduzir com ela tornava-se uma obsessão. Todos os homens que estavam na festa entraram e saíram diversas vezes do escritório tentando ganhar a sua atenção. Alguns se arriscavam inventando assuntos, questões vazias sobre qualquer coisa, outros jogavam o seu charme em silêncio, deitando olhares entristecidos; teve até um que tocou bossa nova no violão... E há sempre os engraçadinhos... Bem, esses nunca ganham nada. Constança se mostrou gentil com todos os pretendentes, mas manteve-se inatingível, mergulhada na leitura.

Ficamos sozinhos no escritório por algum tempo, o que fez crescer em mim a tentação de tentar a sorte. Depois de ensaiar por quase meia hora a frase que eu diria, arrisquei: *Você já leu O grande mentecapto, de Fernando Sabino?* Mas falei tão baixinho que nem eu me ouvi. Censurei--me a covardia e, confiante de que a frase estava bem construída, me lancei numa segunda tentativa. Mas a voz me saiu ainda mais fraca e, dessa vez, claudicante. Nem bem tomara fôlego para a terceira investida quando Constança, surpreendentemente, se dirigiu a mim, direta e assertiva, perguntando o que é que eu estava lendo. *O grande mentecapto*, respondi de pronto. A voz dessa vez me saiu tão abrupta e tonitruante, em tudo inadequada para a ocasião, que em lugar de dizer o nome do livro parecia que eu estava me apresentando.

Mas milagrosamente um começo tão infeliz deu ensejo a uma conversa prazerosa sobre livros e hábitos de leitura. Constança me inspirava! Nunca em minha vida eu menti com tanta eloquência e serenidade. Lançava o título dos livros com tal intimidade que parecia estar falando de irmãos meus. E muito pouco dizia além do nome para não revelar o meu desconhecimento da estória. Era um teatro que eu já estava habituado a fazer. Tinha no bolso um elenco de frases genéricas que se adaptavam como elogio a qualquer coisa. *Denso, intenso, e como é bem escrito! Poesia pura! Cru, seco, essencial!* A informação preciosa que eu colhia com o seu Velhinho Livreiro me bastava para escolher o elogio adequado a cada autor. Saí-me muito bem. Constança me acolheu como a um igual. Caminhamos pelos descampados da literatura sob a luz tênue de uma lua minguante; uma brisa fresca nos afagava o rosto, coelhos e ovelhas cruzavam o caminho, e nossas mãos se procuravam, ameaçando se tocar; nossos corpos cheios de curiosidade...

Enquanto eu desfilava as minhas frases vazias, Constança deitou conceituação erudita de assustar doutores e honoris causa! Trovadorismo, humanismo, classicismo, quinhentismo, barroco, arcadismo, romantismo, realismo, naturalismo, parnasianismo, simbolismo, modernismo, nouveau roman... A cada ilação que ela fazia, intensificava-se dentro mim o desejo de me casar com ela. Quando Constança juntou Deleuze com Barthes num mesmo parágrafo, embora eu tivesse apenas uma vaga ideia de quem eles fossem, tive que conter o impulso de me lançar sobre ela e engravidá-la naquela vera primeira noite.

A conversa ficou perigosa quando ela começou a fazer citações em francês e inglês. Eu entendia muito pouco, mas concordava com tudo, como se fosse poliglota de nascença. E ainda demonstrava piedade pelos pobres coitados que não têm o privilégio de ler tais obras-primas no original. *Triste daquele que depende de uma tradução!*, declarei com benevolência. Mas, quando ela citou Goethe em alemão, não tive coragem de me arriscar. Se do francês e do inglês eu era ao menos capaz de reconhecer o sujeito da frase, em alemão toda palavra me parecia um xingamento. Confessei que Goethe eu só conhecia através da tradução francesa. Graças a Deus ela foi condescendente e traduziu a frase de um tal de Verter para um português primoroso, que ela humildemente chamou de livre tradução. (Depois eu descobri que o correto era Werther.) Empolgada com a potência poética do texto, Constança se levantou para recitar de memória um parágrafo inteiro. Foi quando eu a vi de pé pela primeira vez. Que corpo bem construído guardava toda aquela sabedoria! Enquanto ela dizia o Werther, em alemão mesmo, eu admirava aquela figura que se movia sem esforço, como se não fizesse atrito com o ar. Constança dançava embalada pela insuspeitada suavidade da língua alemã, que ela mesma declamava. E fazia destaque do sentido oculto de cada frase como se lesse com visão de raio X. Um espetáculo! O pensamento de Constança se produzia em toda a sua pessoa e não apenas no cérebro. Sua mente se expandia e ocupava os músculos, os ossos, o pulmão, o fígado, o coração, a bunda, o sexo... Que paixão perturbadora desperta no homem a inteligência de uma mulher! Eu estava de tal maneira tomado pelo amor e assoberbado pelo desejo que esqueci completamente que era virgem. Iniciar a vida sexual com uma perfeição daquelas não tinha erro. E, depois, sexo é improviso! Qualquer analfabeto se faz professor no ato mesmo em que aprende. Não havia o que temer.

Eu já me via nu nos braços de Constança quando ela concluiu a citação de *Die Leiden des jungen Werthers* e, abruptamente, olhou o relógio e deixou o escritório sem nada dizer. Fiquei desconcertado. Seria esse o fim daquela noite? O mundo se reconstruiu pesado sobre mim. Eu já não estava num descampado, mas sim no escritório dos pais do meu amigo, já passava de meia-noite e eu tinha que ir para casa. Será que ela vai voltar? Fui atrás dela na sala. A festa estava quase vazia. O meu amigo se surpreendeu de ainda me ver por lá. *Estou mesmo de saída. Feliz aniversário.* Entrei no elevador e, para minha decepção, Constança não estava lá dentro. Uma desolação épica se abateu sobre mim. *Perdi a mulher da minha vida!*, gritei para dentro, me olhando no espelho.

A porta do elevador se abriu me oferecendo a visão da rua. Voltei a respirar: Constança estava na calçada, à espera. Olhava para o prédio em frente, talvez contando os andares como eu faço às vezes. Ela fez que não percebeu a minha chegada. Julguei que ela disfarçava para não me facilitar demais a conquista. Enquanto caminhava em direção a ela com passos pesados de homem, eu estudava a possibilidade de abraçá-la pelas costas e iniciar ali mesmo o contato físico pelo qual os nossos corpos tanto ansiavam. Mas fui precavido e apenas sussurrei ao pé do seu ouvido: *En attendant Godot?* Eu lembrava que "en attendant" é "esperando" em francês, ou algo parecido. Foi quando um carro parou junto ao meio-fio e a porta do carona se abriu, exercendo sobre ela a atração de um buraco negro. Desconcertada com a simultaneidade dos acontecimentos, Constança improvisou com senso de humor: *Godot chegou, estragando a festa.* Eu não entendi a piada porque do tal do Godot eu só sabia que era o título de uma peça de teatro; mas sorri mesmo assim. *Para onde você vai? Quer carona?*, ela perguntou sem vontade, tentando ajeitar o sem jeito da situação. Eu não tinha a menor condição de reagir serenamente àquela inesperada reviravolta do destino; me sentia ligado a Constança como um asmático ao balão de oxigênio; faria qualquer coisa para não me separar dela. *Sim*, respondi usando a palavra "sim" de um jeito que ninguém usa. Entrei no carro pela porta de trás e me alojei no meio do banco. Que susto! Havia um homem ao volante! Por mais estúpido que possa parecer, eu estava certo de que seria a zelosa mãe de Constança que a teria vindo buscar na festa. Mas não! O motorista era um rapaz lindo de morrer, aparentando uns 22 anos de sol, praia e dinheiro. Ele me disse um simpático "hello". Constança se apressou em explicar que eu era um amigo do irmão mais novo da amiga dela e que eu iria pegar uma carona até o Leblon. Leblon?! Mais longe da minha casa suburbana só o inferno. Mas seria uma humilhação muito grande sair do carro depois de ter entrado. E lá fui eu para o Leblon assistindo à mulher que eu queria para mãe dos meus filhos pousar a mão sobre a coxa do namorado, que dirigia como um alucinado. Eles pouco se falaram, mas trocaram beijinhos apaixonados a cada sinal vermelho, enquanto música americana explodia nos alto-falantes do automóvel. E eu ainda não tinha nem idade para dirigir. Jurei tirar a carteira de motorista no primeiro dia dos meus 18 anos.

O ônibus do Leblon para a minha casa demorou quase uma hora para passar. Eu estava tão cansado que já nem pensava em Constança. Só queria dormir para não morrer. *O português no Brasil*, de Antônio Houaiss, *Balada de amor ao vento*, de Paulina Chiziane, *Terra sonâmbula*, de Mia Couto...

Acordei às seis da manhã, depois de umas poucas horas de um sono pesado, com o sol nascendo na minha janela. A voz de Constança recitando o Werther ecoava na minha cabeça antes mesmo que eu percebesse que já tinha acordado; e a imagem dela sentada na poltrona em frente à estante era tão presente como um sonho desses que nos assustam por serem mais reais do que a realidade. Talvez eu tenha sonhado com Constança a noite inteira e o sonho tenha atravessado o meu despertar e se mantido em ação, transmutado em pensamento, depois de eu já estar acordado. Seja como for, naquele momento eu habitava o lugar mais fundo da minha pessoa, o centro onde nasce a fonte da vontade. E, antes que o aborrecimento das tarefas diárias me roubasse a oportunidade, eu tomei a decisão da minha vida: escrever um livro que, pela elegância do estilo e a grandeza da ambição, faria Constança se apaixonar por mim.

IV

Meu pai e minha irmã já estavam sentados à mesa quando cheguei ao restaurante. Eu me atrasei porque fiquei lendo o segundo e-mail do tal senhor "porfavor.meleia@..."; que encontrei depois que saí do banho.

O jantar correu divertido. Relembramos as mesmas velhas histórias de sempre, com destaque especial para as trapalhadas engraçadas de minha mãe. A tristeza que nos acompanha desde que ela morreu, e que vem sentar-se entre nós quando essas festas da memória se aproximam do fim, não teve chance de se chegar dessa vez, tamanha era a hilaridade das nossas lembranças e a alegria de compartilhá-las.

Depois do jantar, saímos para caminhar pelas ruas da capital portuguesa. Meu pai dava aulas de arquitetura explicando o quanto a cidade de hoje deve o seu esqueleto viário ao devastador terremoto de 1755. Descendo pela Avenida da Liberdade em direção ao Rio Tejo, ele nos contava sobre a estrutura antissísmica dos prédios na Lisboa reconstruída pelo Marquês de Pombal, a mando do Rei D. José I. *Às vezes, o mundo precisa acabar para começar de novo*, meu pai se esmerava, arrancando transcendências à banalidade, como sempre. Eu e minha irmã estávamos adorando as explicações, mas era quase meia-noite e queríamos voltar para o hotel. O voo no dia seguinte era cedo e nós ainda não tínhamos feito as malas.

Ao chegarmos ao lobby, nosso pai pediu que fôssemos tomar um último café no bar; ele tinha algo para nos dizer. Antes que o susto fosse maior, ele se apressou em esclarecer que não era nada de ruim. E nos comunicou que não voltaria conosco para o Brasil no dia seguinte. Havia decidido visitar os Montes Atlas, no Marrocos. Diante da nossa surpresa, nosso pai confessou que as atribulações da vida o haviam impedido de fazer algumas viagens que sempre quis. E agora, viúvo, com as filhas já crescidas e ainda ligeiramente rico (apesar de ter nos doado quase tudo o que tinha), ele queria se arriscar na realização desses sonhos intrépidos. Não iria sozinho. Uma empresa de turismo havia se encarregado da organização da excursão. Nós não tínhamos com o que nos preocupar.

Nosso pai tinha sido tão dedicado a nós, à nossa educação e bem-estar, que o seu brado tardio de liberdade foi acolhido com carinho e incentivo. Mesmo quando ele nos preveniu de que havia a chance de seguir em outra expedição aos Pirineus, e talvez depois fazer uma visita ao Mont Blanc, nos alpes franceses, continuamos a apoiá-lo.

Assunto encerrado, ele passou a nos fazer as recomendações de sempre sobre os cuidados a serem tomados por conta da violência no Brasil. Mesmo sob os nossos protestos, afinal não éramos mais crianças, ele não deixou de reafirmar todas as medidas do seu manual de sobrevivência. E, para justificar tanta preocupação, trouxe para a conversa a notícia recente do enforcamento de um suposto assaltante, pendurado em uma árvore em plena Avenida Atlântica por um grupo de justiceiros locais. A foto do pobre homem suspenso em uma amendoeira, tendo ao fundo a areia branca e o azul cintilante do mar, roubava a paz de quem a visse. Nosso pai sabia ser enfático quando queria. Diante da nossa perplexidade com os rumos incertos do nosso país, ele assumiu o tom professoral do qual adoecia de vez em quando, e discorreu sobre a falta que faz aos povos colonizados a Idade Média que eles não atravessaram.

Segundo a sua teoria, os europeus haviam necessitado de mil anos para digerir a substituição de seu politeísmo original pelo monoteísmo cristão. A novidade era tamanha que eles tiveram que modificar toda a estrutura social e acomodar as forças psíquicas em uma nova equação. Já os nativos das Américas e os africanos escravizados foram induzidos, para usar um termo suave, a trocar de fé em poucas gerações; às vezes, em uma única. Ainda que traços de suas tradições e de seus ricos panteões tenham logrado se dissimular por dentro do cristianismo, a evangelização abrupta produziu uma desorganização psicológica no homem subjugado que está longe de ser apaziguada.

Um relativo equilíbrio entre o Estado laico e a tradição judaico-cristã (deixemos o islã para um outro momento), que foi preparado lentamente durante a Idade Média e só se concluiu com o advento da Revolução Francesa, custou um enorme esforço intelectual ao europeu e implicou no surgimento do homem científico. E, mesmo com todo esse empenho, a democracia plena ainda é um sonho a ser realizado.

Ao homem místico da África e das Américas pré-colonizadas, a religiosidade racional, sustentada nos argumentos lógicos da filosofia cristã, produz uma interdição ao seu imaginário ancestral. O mundo descrito pelo monoteísmo científico é um lugar estranho para aquele cujos avós viam deuses em todas as coisas.

Mas não há escapatória. O homem subjugado é forçado a se integrar a uma sociedade com a qual toda a sua tradição não se conforma; e na qual, portanto, ele está condenado a ser sempre um marginal. A violência que eclode como uma combustão espontânea nas grandes cidades do novo mundo deve o seu combustível à inadequação da alma primitiva ao monoteísmo; e à pretensão das Igrejas cristãs de que a verdade humana é única como único é o Deus da sua devoção. Essa brutalidade que nos assusta não é uma ação original; ela é uma reação alérgica à evangelização.

É preciso ter em mente que o vigor das crenças politeístas dos povos europeus só foi definitivamente derrotado pelas fogueiras da Inquisição e pelo racionalismo de Descartes.

Eu não pensava exatamente como meu pai. Aquela explicação de fundo histórico não aplacava a minha revolta contra uma classe política imoral que vem destruindo o Brasil com a sua determinação obsessiva de chegar ao poder e dele nunca mais sair. Claro que todo esse sórdido jogo acontece sob o beneplácito de uma elite econômica egoísta e irresponsável, que se julga merecedora de todos os serviços, e nunca desejou construir uma sociedade igualitária.

No momento atual, as denúncias de perversão no uso do Estado têm sido tantas que faz parecer que o país foi acometido por um surto oportunista de desonestidade; quando sabemos muito bem que nunca houve lisura no trato da coisa pública no Brasil. O Estado sempre foi o negócio privado dos políticos e das elites econômicas; o que explica a congênita negligência da administração para com o bem comum. A crise atual, com denúncias de corrupção em proporções apocalípticas, deve-se a um desacerto entre os políticos na partilha do roubo no qual são todos cúmplices; e não a um movimento de purificação autêntico da nossa vida coletiva. Ainda que alguns dos responsáveis pelas investigações e julgamentos sejam movidos por sinceros ideais republicanos — ou não sejam; ou uns sejam e outros não —, isso não muda a verdade de que estamos ilhados em meio ao fogo cruzado de uma guerra de gangues; gangues de mafiosos que exploram a única fonte de riqueza inesgotável, que é o trabalho de um povo! O movimento moralizador atual — benéfico e necessário, pode ser que seja — ainda não é, no entanto, a revolução popular de que precisamos; e pode ser manipulado pelas elites econômicas para adiar o futuro mais uma vez.

Sem discordar de mim, o meu pai insistia em razões mais subterrâneas que explicassem a incapacidade de a gente brasileira se organizar...

Ok, vocês dois já polemizaram o bastante por essa vida. Vamos dormir, minha irmã mais nova decretou, com a sabedoria e o humor que lhe são característicos. E nos despedimos sem dramas, os três evitando uma despedida chorosa. Meu pai facilitou as coisas, despachando-se pelas escadas com o vigor físico do atleta que ele sempre foi.

Acréscimo posterior:

O vulto veloz de meu pai sumindo atrás da porta corta-fogo escondeu-se quietinho em algum canto da minha memória. Naquela noite eu estava muito mais atenta ao e-mail de amor que eu esperava encontrar quando voltasse para o quarto. Mas, quando a verdade sobre as viagens dele aos picos do mundo se revelou, aquela imagem emergiu do esquecimento e se gravou como uma xilogravura na parede das minhas saudades. Mas isso foi depois.

Jurei que não iria abrir o computador e, já deitada para dormir, me dediquei à leitura de *A place to remember*, de Jennifer McBright; uma estória romântica de terceira categoria. A minha paixão pela leitura deve-se a esses livros vagabundos de amor barato, que conheci na adolescência, e aos quais me mantive fiel mesmo depois de ter sido apresentada à verdadeira arte da escrita. Não é o que se espera de uma intelectual de esquerda com doutorado em Harvard, mas... Dane-se a erudição! Todo mundo tem direito a um momento de mediocridade: descansa do esforço, ajuda a relaxar, facilita a adormecer e nos coloca de volta ao mundo onde a maioria vive.

Mas dessa vez o livro não me serviu de nada. Não consegui me concentrar na leitura. Os momentos de carinho e intimidade que tivera com o meu príncipe encantado ficavam me visitando; e eu me convencia de que um início tão promissor era garantia de um futuro exuberante. Abri o computador. Mas o único novo e-mail que me esperava era por parte do indetectável senhor "porfavor.meleia@..."

V

Na volta da escola, eu comprei um bloco pautado, lápis e apontador. Estava tão otimista que nem comprei borracha. Depositei o material de trabalho na escrivaninha do quarto e me sentei ao pé da cama esperando que o livro aparecesse já escrito na minha mente. Eu imaginava que um livro se escrevia em um único dia; que era só escolher a estória e pedir às palavras que se colocassem cada uma no seu devido lugar. De repente, acordei assustado por não saber que havia adormecido. O sol já começava a descer e a luz no quarto, quebrada pela veneziana, era mortiça de dar fraqueza. Mas eu resisti à tentação de emendar o sono da tarde no sono da noite. Decidido, empunhei o lápis, encarei a primeira folha do bloco e escrevi em letras grandes: "TÍTULO". E ali fiquei, lendo repetidas vezes a palavra título sem que o dito-cujo se apresentasse para ser gravado no papel. Tivemos que adiar o batizado. E essa foi toda a produção do meu primeiro dia como escritor.

Nas semanas seguintes, eu tive que admitir que conquistar Constança daria mais trabalho do que eu havia suposto num primeiro momento de euforia. Escrever um livro é talvez a missão mais exigente entre todas as chatices que a humanidade inventou para se aborrecer. Organizar os infinitos detalhes que dão coerência a uma estória inventada é uma tarefa divina que queima o cérebro de um simples mortal; a demanda é sobre-humana. Só um deus cria mundos em seis dias. A realização do meu livro haveria de me custar alguns anos. *O vendedor de passados*, de José Eduardo Agualusa, *Il fu Mattia Pascal*, de Luigi Pirandello, *Le Comte de Monte-Cristo*, de Alexandre Dumas...

Eu não era tão próximo assim do irmão mais novo da amiga de Constança, mas a casa dele era o único lugar onde eu a poderia encontrar novamente. O cara era semiprofissional de um videogame desses de matar gente, com visual hiper-realista. Tornei-me o seu inimigo número 1 e passei a frequentar o lar do meu adversário diariamente em sessões intermináveis do tal Killers of the Future. Mas a amizade entre Constança e a irmã do meu amigo se desenvolvia mais na parte rica da cidade do que no nosso subúrbio. Elas frequentavam uns cineclubes, onde parece que passavam filmes antigos... Eu nunca entendi bem. Nas raras vezes em que Constança veio visitar a amiga, eu nunca lá estava. A precisão com que o acaso pode maltratar uma pessoa tem requintes de crueldade. Muitos desses desencontros se deram por segundos. Eu sentia o cheiro de Constança no elevador e não sabia se ela havia acabado de chegar ou acabado de partir. Uma vez dentro da casa, eu ficava tentando adivinhar se ela estaria no quarto com a amiga ou se já teria ido embora. Perguntar revelaria a minha paixão, secreta como todas; o jeito era aguentar a espera e avançar sobre as linhas inimigas. Era um suplício me concentrar no tiroteio eletrônico quando eu estava povoado de tanta ansiedade de amor. Mas o sofrimento da espera é o jardim da esperança, como diz uma frase que alguém me disse. A decepção por cada vez que ela não estava fundava uma nova certeza de que da próxima vez ela estaria. E assim eu me tornei um exímio serial killer do futuro.

Por essa época, eu comecei também a vagar pelas ruas do Leblon. Vai que calhava de eu me encontrar com Constança por acaso. Eu nem sabia a rua em que ela morava, mas o bairro é pequeno e cheio de comércio, era muito provável que ela fizesse tudo por ali mesmo, a pé. Minhas chances eram grandes. Eu escolhia um prédio que me parecia ser o dela, comprava um maço de cigarros, mesmo sem ser fumante, e ficava encostado a uma árvore, esperando. Claro que eu tinha sempre um livro comigo para ser lido caso a ansiedade me sufocasse. *Dona Flor e seus dois maridos*, de Jorge Amado. Mas poucas vezes tive que recorrer à droga. Ficar procurando por Constança em cada pessoa que passava ocupava a totalidade dos meus neurônios. Eu acendia um cigarro sem tragar e ficava desenhando com a brasa sobre o preto da noite. Quando finalmente todas as luzes do prédio se apagavam, eu desejava a Constança bons sonhos e ia para casa satisfeito como se tivesse realmente estado com ela.

No ônibus de volta, eu lia uns compêndios de decisão judicial, que o seu Velhinho Livreiro me emprestava de graça. Droga alucinógena pesada que levava o meu Eu Rico para mundos marcianos onde o céu era verde, o mar era dourado e o meu cavalo violeta cantava óperas em mandarim.

E então, em um momento em que eu estava completamente distraído da minha paixão, Constança apareceu! Killers of the Future corria na tela da TV e eu me empenhava em cortar a garganta de uns tantos chineses — o jogo era racista, claro. Não sei por que, mas naquele dia eu estava mesmo me divertindo com a matança. O meu amigo terminava o dever de matemática do meu lado e eu narrava as valentias do meu boneco cibernético parodiando a transmissão radiofônica de um jogo de futebol. Quando comemorei com um grito de gol, golaço, a decapitação do general inimigo, Constança explodiu numa gargalhada atrás de mim. Virei sobre o meu eixo como um robô hidráulico. Lá estava ela, sentada no sofá. Eu quis morrer! Há quanto tempo estaria ela assistindo a esse espetáculo da minha infantilidade tardia? Instintivamente, agarrei o livro que trazia comigo, *The human use of human beings: cybernetics and society*, de Norbert Wiener, e declarei com solenidade que andava muito interessado em compreender de que modo o cérebro responde a estímulos violentos. Mas, antes do fim da minha frase, Constança me tomou o controle das mãos e, com uma habilidade impensável para uma erudita, dizimou todo um batalhão de chineses que ainda havia por liquidar. Confiante e divertida, me avisou que no nível quatro começava a revolução cultural e o jogo ficava do caralho. Foi ela que disse o palavrão.

Quer dizer então que o meu amor também tinha prazeres mundanos? Eu estava salvo. Mas não estava. Quando declarei que a única coisa que eu fazia ultimamente era jogar Killers of the Future, acreditando que a nossa mútua paixão pela guerra sanguinária e pela literatura seria a prova cabal de que estávamos destinados um ao outro, Constança esclareceu que havia aprendido a jogar com o irmão mais moço, um temporão caçula que ela adorava. Jogavam quando ele era bem pequeno e ela o fazia apenas para agradá-lo, e porque adorava ver o adotado nervosinho sempre que ela matava mais inimigos do que ele. (Adotado? Era assim que ela o chamava só de implicância.) Eu gaguejei qualquer teoria sobre o efeito relaxante do jogo sobre as terminações nervosas, ideal para ser praticado no intervalo de leituras mais densas... Mas já era tarde demais. Os dois anos de idade que nos separavam haviam se tornado vinte.

Mas então algo surpreendente aconteceu. Constança me perguntou se eu já havia terminado de ler *O grande mentecapto*. A pergunta irrigou as minhas esperanças. Pelos dez minutos que se seguiram, eu e Constança revivemos o nosso passeio pelos descampados da literatura onde havíamos colhido os frutos da nossa afinidade. Ela me falou que estava lendo sem conseguir largar *À la recherche du temps perdu*, pela segunda vez. "Oui, oui", concordei com alguma coisa que ela disse a respeito de Proust, que deve ser o autor. Eu estava lendo agora *Mar morto*, de Jorge Amado. Mas não tinha tanta graça porque a gente já sabe que o mar morre no final, eu tentei ser cômico. Ela não riu e eu jurei nunca mais fazer uma piada pelo resto da minha vida.

A irmã do meu amigo passou pela sala, jogou um pijama para Constança e as duas foram para o quarto pulando de animação, com mil assuntos que não podiam esperar. O destino havia me surpreendido! Constança iria dormir na casa! Não me lembro se fiquei pálido ou se corei, mas me recordo de ter tido que apertar o peito para segurar o coração lá dentro. Quando finalmente consegui organizar os pensamentos, todos os meus neurônios se reuniram em uma única missão: dar um jeito de passar a noite sob o mesmo teto que o meu amor.

Quando foi anunciado que o jantar iria para a mesa, eu já constrangia os meus anfitriões ao me demorar para além da hora civilizada de ir embora. Aproveitei justamente o constrangimento e agradeci a dona da casa por todos aqueles dias em que ela havia me acolhido tão gentilmente. Ela estranhou aquele súbito ataque de gratidão e me garantiu que não havia o que agradecer. Mas havia, sim, e muito, eu insisti, dando início ao meu feitiço. Ela não podia imaginar o quanto um ambiente doméstico tranquilo tinha me ajudado a enfrentar os tempos difíceis que eu estava atravessando com a demência precoce de minha mãe e o alcoolismo terminal de meu pai. Eu não queria me fazer de coitadinho, mas a verdade era que eu já não conseguia dormir com os berros noturnos da demente, aos quais os berros mal articulados do alcoólatra tentavam silenciar. Sem falar no cheiro de xixi pela casa toda. E o pior é que na semana seguinte começariam as provas e, com o sono atrasado, eu tinha medo de falhar nos exames. Logo a bondosa senhora estava fazendo uma cama para mim no quarto do filho.

Constança e a amiga nem apareceram para jantar; o que me deu uma crise de hipoglicemia que só uma barra de chocolate, sorrateiramente roubada à despensa, me salvou. Ficamos jogando Killers of the Future até quase meia-noite. Eu estava tão perturbado com a proximidade de Constança que morri todas as minhas vidas sem conseguir acertar um único tiro no inimigo. Mas ela não saiu do quarto nem por uma vez.

O meu amigo me chamou para irmos dormir. Graças a Deus, ele caiu no sono rapidamente e eu pude ficar de vigia. Ousei espreitar o corredor, mas nenhum murmúrio se ouvia na casa. Constança havia adormecido, certamente. A tentação de abrir a porta do quarto onde ela dormia era imensa, mas eu não tive coragem. Voltei para a cama e me mantive acordado, atento ao menor sinal de vida. Eu não iria dormir, disso eu tinha a mais absoluta certeza. Mas acordei de repente, desesperado. Aquele sono traidor poderia me custar o futuro. O eco do barulho indiscreto da descarga revelou-se ter sido o que havia me despertado. Seria ela? Passos cruzaram o corredor em direção à cozinha. Levantei e fui averiguar, me fazendo meio de sonâmbulo.

Passando em frente à porta que dá acesso ao escritório, fui atraído pelo valor mítico do lugar onde eu havia conhecido Constança. Entrei, ávido de revisitar a emoção de beleza que a sua visão havia me causado quando do nosso primeiro encontro. A figura de Constança surgiu sentada na poltrona contra a estante; solene como uma *pietà* nua, mas sem o Cristo; quem lhe fazia as vezes de filho nos braços era o livro que ela pousou no colo durante o tempo brevíssimo em que olhou para mim só para se certificar de que eu não era ninguém.

Uma música sacra, cheia de vontade de pecado, começava levemente a ornar a minha lembrança quando um ranger de assoalho me devolveu ao presente. Constança vinha da cozinha trazendo um copo d'água. Olhamo-nos com uma cumplicidade de hóspedes e comentamos a falta de sono, talvez pelo estranhamento do lugar. Queríamos continuar a conversa, mas parados no corredor arriscávamos acordar os anfitriões. Alguém teria que fazer o convite. Buscar um copo d'água me pareceu um bom movimento, mas quase pus tudo a perder. Constança entendeu como se eu quisesse me livrar dela e fez que voltava para se deitar. Na emergência, perguntei se ela me ajudaria. Acho que ela também queria ficar um pouco comigo porque, mesmo diante do absurdo do pedido, ela concordou em me acompanhar.

Sentados no sofá da sala, bebíamos a nossa água e dividíamos um sorvete de creme, que surrupiamos sem pedir permissão. Dessa vez não enveredamos pelos descampados da literatura. Constança estava delicadamente íntima. Contou-me que o motivo da sua insônia era a viagem que ela faria no dia seguinte. *Viagem? Para onde?*, perguntei, me fazendo de despreocupado. E, por mais que eu já pressentisse, a desgraça que se anunciou foi muito maior do que eu supunha. Constança estava de partida para Londres. Havia sido aceita pela Saint Mary's University e iria morar na Inglaterra pelos próximos cinco anos, estudando a literatura universal. A tristeza que aquela notícia me causou era funda como a de uma criança diante da própria casa destruída pelo bombardeio inimigo. Meu estado emocional foi levado para um hospital de campanha e submetido a intensos cuidados médicos. A equipe de trauma que atendia as minhas emoções trocava olhares de ceticismo; uma enfermeira com capacete azul das Nações Unidas catou a veia da minha autoestima e inoculou um forte revigorante; mas amor, ódio, susto, revolta, esperança e toda a turma dos afetos sem nome não se entendiam; a confusão interna jorrava sangue e os médicos não conseguiam localizar a hemorragia. A equipe se debatia tentando salvar o paciente até que o cirurgião-chefe decretou: *Vamos. Temos que nos dedicar a outros com mais chance de sobreviver.* E minhas emoções foram abandonadas à própria sorte.

Mas, quando eu já caminhava para entrar em coma, a conversa confessional de Constança tratou de acalmar o tumulto do meu espírito. Ela surgia tão meiga no seu desamparo... Falava da solidão em um país estrangeiro, da falta que sentiria dos pais, dos amigos, da praia; falava do medo apesar da excitação; e confessava não ser tão corajosa como parecia. A intimidade que ali começava a se construir me fez acreditar que eu a poderia conquistar naquela noite mesmo, sem livro nem nada. E, com sorte, ela viajaria prometendo voltar para mim ou, quem sabe até, desistiria da viagem. No pior momento, eu sempre fico otimista!

Argumentei que aquelas pequenas inquietações não deveriam lhe roubar a alegria, afinal era um grande feito ter sido admitida em uma universidade de tamanho prestígio. Mas as coisas não eram tão simples assim; e ela sugeriu que havia um motivo maior que lhe roubava o sossego e o sono. E manteve o suspense até eu perguntar que motivo era esse. A atitude do namorado, ex-namorado agora, era a razão. Ele repudiara a possibilidade de um namoro à distância. Pela dramaticidade com que ela desaguava a sua mágoa, eu supus que ele teria sido o primeiro homem da vida dela. Mas logo ela lamentou que essa era a segunda vez que um namoro terminava em exílio. Da primeira, o namorado é que se mudara para os Estados Unidos e também havia rompido o compromisso pela mesma descrença na capacidade de o amor vencer a distância. Constança me fez um minucioso relato dos laços que manteve com esses homens e do quanto havia se dedicado a eles sem reservas. Conhecer a vida amorosa do meu amor não me fazia muito bem, mas eu não tinha como escapar ao papel de confidente. O melhor a fazer era demonstrar a minha compreensão e solidariedade. *Eles não te merecem*, eu disse, acreditando que a frase deixava subentendido que eu a merecia.

Mas Constança me contava coisas íntimas demais para quem fosse se apaixonar por mim e eu corria o grande risco de me tornar o melhor amigo dela. Melhor amigo é o lugar mais distante que um homem pode estar da cama de uma mulher. Qualquer estranho está mais próximo. Era preciso agir rapidamente e alterar aquela equação. Reclamando do calor, eu tirei a blusa e exibi o meu magro peito nu, certo de que a provocação a faria tremer. Mas ela nem piscou! Seguiu na queixa aos namorados, maldizendo o machismo e rogando pragas contra todos os homens. A indiferença de Constança diante da minha seminudez apagou o meu corpo do pescoço para baixo, como se eu fosse um desenho animado. A minha pessoa estava agora reduzida apenas a uma cabeça.

Eu ainda tentava me refazer da humilhação quando Constança, nos píncaros do ódio, chorou uma lágrima solitária e silenciou. A fragilidade dela me emprestou alguma força. Sentei-me ao seu lado no sofá e ofereci o meu corpo, apenas delineado, como abrigo. Para minha surpresa, ela se aninhou em mim, entregando-se a um abraço aconchegante. Acertei a postura, lhe sugerindo o meu peito ossudo como almofada. A minha pessoa foi se materializando novamente, aos poucos. Eu tremia, e era acometido por pequenos espasmos, como soluços; parecia que eu estava recebendo micras e sucessivas descargas elétricas.

Entretanto, o cheiro do cabelo dela... O seio livre sob o pijama que eu amassava levemente contra mim... Os suaves carinhos de Constança como que apagando palavras de intranquilidade nas minhas costas... Uma profusão de sensações me invadia na velocidade da luz. Estabeleceu-se entre nós uma tímida, porém sincera, conexão erótica. Mas, quando tudo conspirava para o início da nossa intimidade, eu entrei em pânico. Acho que me apavorei com a impetuosidade infrutífera da minha seminudez precoce de pouco antes. Subitamente, a virgindade que eu esquecera mostrou os seus dentes e o meu corpo se acovardou! Quando nossos rostos já se acariciavam e eu deveria tê-la beijado, desatei a falar como um papagaio terapeuta numa palestra de autoajuda. Meus conselhos sentimentais eram uma confusão de teorias psicanalíticas, referências históricas, digressões sem nexo e fragmentos de letras de música mal decorados. Até de astrólogo eu me fiz, me oferecendo para confrontar o mapa astral dela com o dos antigos namorados. Um desastre. Não sei o quanto ela percebeu do meu desgoverno, mas, sem nada dizer, permaneceu entregue ao abraço. Ela tinha esperanças, eu acho, de que eu sossegasse a falação e agisse. Mas a minha virilidade já ia longe. Constança concedeu-me um tempo razoável, mas, quando percebeu que eu estava enredado numa verborragia prolixa interminável, valeu-se de um ponto e vírgula mais demorado e desvencilhou-se mansamente, tornando absurda a proximidade em que estávamos sentados. Calei-me. Levantamos os dois ao mesmo tempo e, subitamente formais, iniciamos os procedimentos de despedida. Era difícil saber quem estava mais vazio, se ela de mim ou eu dela. Ou, dizendo melhor: estávamos os dois igualmente cheios do vazio deixado pelo acontecimento não acontecido.

Eu entrevia no fundo dos olhos de Constança um traço de raiva. O orgulho dela não perdoava eu ter sido incapaz de incendiar o pequeno desejo que ela havia me oferecido. Afinal, eu era apenas o amigo do irmão mais moço da melhor amiga dela, uma das posições mais baixas na escala da evolução humana; o meu recuo era uma afronta à generosidade com que ela havia me presenteado. Foi penoso. Ela disse que precisava dormir, agradeceu os meus conselhos como se eu fosse um padre e sumiu no corredor. Eu ainda tive a ousadia de dizer, a meia-voz, que a minha amizade por ela, essa sim!, sobreviveria à distância, ela podia acreditar. Mas Constança seguiu para o quarto sem nem olhar para trás, fazendo questão de deixar bem claro que havia decidido fingir que não tinha ouvido.

A minha derrota era absoluta. Peguei na leitura de *L'étranger*, de Albert Camus, e logo o meu Eu Rico comprava um Aston Martin e apostava milhões em um cassino no principado de Mônaco!

Na noite seguinte, olhei para o céu. Constança voava para longe. A cidade ficou vazia para mim. Nenhum dos seus habitantes era ela. Não havia mais a chance de eu a encontrar por acaso nas ruas do Leblon. Os meus dias seriam inúteis. *Na margem do rio Piedra eu sentei e chorei*, de Paulo Coelho, *La vie mode d'emploi*, de Georges Perec...

VI

Eu e minha irmã vínhamos descendo pela longa via que leva do aeroporto aos bairros residenciais da cidade. As notícias no rádio do táxi eram inacreditáveis. A lei da privatização das praias e das praças, conhecida com lei PPP, que a corja dos políticos entocados no Congresso Nacional havia aprovado, desconsiderando a desautorização que as denúncias de uma corrupção pandêmica infligiam a eles, receberia essa semana a apreciação da corte maior do país quanto à sua constitucionalidade. As chances de aprovação eram enormes. Pela famigerada proposta de iniciativa do governo, a administração do nosso litoral e das nossas áreas comuns urbanas seria entregue à exploração comercial da iniciativa privada. Os autores dessa manobra do demônio sustentavam que o povo seria beneficiado, uma vez que as empresas responsáveis teriam que manter os locais limpos, renovados e vigiados; que o novo modelo criaria muitos empregos e geraria receita para os cofres do Estado. Houve uma autêntica indignação por parte dos mais pobres, enquanto os quase ricos, os que se pensam ricos, os que acreditam que ficarão ricos em breve e os efetivamente ricos apoiaram a iniciativa com brados de louvor, vislumbrando as benesses da seleção econômica des-natural que os beneficiará. Era inacreditável que bandidos já denunciados pela Justiça ainda se julgassem no direito de legislar!

O caminho que leva para dentro da cidade é ladeado por uma ocupação urbana que não teve planejamento algum; os desfavorecidos aí se amontoam em casas que já foram de madeira e hoje são de tijolo; as de construção mais recente não têm o reboco por fora nem por dentro; mas outras, que já estão na família há algumas gerações, estão finalizadas; têm até varanda. Algumas ruas são asfaltadas, mas a maioria ainda é de terra. Água, luz e gás são controlados pela máfia local; o esgoto corre a céu aberto onde antes era um riacho. A lei é a do mais forte; o Estado está praticamente ausente apesar de haver escolas públicas e postos de saúde ali forçados por alguns governadores de esquerda ou demagogos de direita. Mas as aulas oferecidas são deficientes apesar do esforço valente de professores abnegados; os médicos pouco podem fazer por conta da precariedade das instalações, dos equipamentos e da falta de remédios. A polícia é sócia do bandido no negócio da droga. O número de habitantes é impreciso, mas são centenas de milhares. A maioria é gente honesta e trabalhadora que não tem condições de morar em um lugar melhor. A favela brasileira é uma imoralidade e a sua permanência é a prova de que o país nunca pertenceu ao seu povo.

Mas eu não pensava em nada disso. Após as novidades da política que o rádio havia vomitado, a minha mente se voltou para assuntos menos repugnantes. Eu havia realmente gostado do segundo capítulo do livro do senhor "porfavor.meleia@..." e era lembrando dele que eu olhava a favela passar.

O motorista do táxi freou bruscamente. O trânsito estava parado à nossa frente. As pessoas deixavam os carros e corriam em nossa direção como se tentassem escapar de um tsunami. O mundo passou a se mover lentamente. Por trás da gente que fugia, levantou-se uma vaga de jovens armados. Vinham seminus, com a mola da agressividade comprimida a toda força. Roubavam o que podiam; empurravam, chutavam, gritavam, subiam nos carros, ameaçavam matar... Meu instinto de mais velha me fez abraçar minha irmã, como se o meu corpo pudesse oferecer alguma proteção a ela. Pensei em correr, mas a onda já se agigantava sobre nós. Estouraria na nossa cabeça em questão de segundos. Só nos restava pegar fôlego e nos preparar para o sufoco.

As notícias desse tipo de assalto coletivo têm povoado os telejornais do país há tanto tempo e com tanta frequência que quando nos acontece parece estar sendo pela segunda vez. A vítima julga que sabe o que deve fazer para cumprir o seu papel de assaltada; e a certeza de que o terror será passageiro prepara o espírito para enfrentar a adversidade com grande resiliência. No entanto, o medo de que um tiro não provocado possa vir a causar uma morte inesperada ameaça irromper abruptamente, rasgando a fina película de serenidade que o reveste. O pânico se instalará então, roubando a prudência à vítima calejada. Sob o domínio do desespero, a reação da pessoa é imprevisível. Ninguém sabe do que é capaz até se sentir ameaçado.

O grupo de adolescentes vinha chegando sobre nós. Eu planejava como agir. Pretendia ser razoável; perguntar o nome do menino que me assaltava; olhar para ele com amizade e dizer que eu o compreendia. Pessoas como eu, nascidas entre as mais favorecidas da sociedade, acreditam que a violência começa quando nos atinge. Convém-nos esquecer que o tsunami nasce no terremoto que o antecede. Antes de nos alcançar, a violência maltrata duramente a quem nos agride. A primeira vítima não somos nós; são eles, a quem é negado o ingresso na sociedade desde o nascimento.

Diante das minhas convicções de esquerda, talvez o meu querido bandidinho me perdoasse por eu ter nascido rica e, em lugar de me assaltar, aceitasse a oferta das minhas joias, do dinheiro, do telefone como uma espontânea reparação histórica. Mas quando o assustado criminoso desconsiderasse a minha reflexão socialista e ameaçasse a minha irmã mais nova de morte porque eu demorasse em atender a avalanche de ordens que ele me vociferava, e eu visse a sua arma, trêmula na mão, encostada nas têmporas dela; e ela chorasse pelos filhos ainda pequenos que ficariam órfãos de mãe; e ela rogasse pelo bom senso de Deus com o desespero dos incrédulos; nessa hora o meu preconceito gritaria dentro de mim e eu desejaria a morte daquele pobre miserável. E, se algum mal eu lhe percebesse na iminência de fazer à minha irmã caçula, eu me atiraria sobre ele e o mataria com os dentes, arrancando com uma mordida o seu coração ainda vivo.

Tudo isso se passou dentro de mim enquanto eu esperava para ser assaltada, mas, quando a hora chegou, algo muito diverso aconteceu.

Enquanto entregava a minha bolsa, eu pensava na inocente estória imaginada pelo escritor iletrado, em meu pai no cume dos Montes Atlas e visitava minha mãe morta na cama do hospital, tão vivinha para mim ainda. E, rapidamente, tudo acabou. Olhei para minha irmã e ela estava salva como eu. O alívio por não ter morrido é tanto que parece uma autêntica felicidade.

Nossos amigos assaltantes sumiram, mimetizados sobre a favela. O trânsito logo voltou a fluir. O motorista do nosso táxi comentou que a situação estava ficando cada dia pior. Seguimos lentamente pela avenida arrasada, desviando de carros abandonados. As primeiras sirenes do socorro soavam ainda longe. *Assim que o assalto termina, a gente se acostuma de ter acontecido*, comentei com minha irmã a surpresa que a constatação me causava.

Um pouco à frente, o caminho mais desimpedido permitiu ao táxi alcançar alguma velocidade. O vento entrou pela janela soprando no nosso rosto uma brisa reconfortante. A vida já ansiava por ceder à atração magnética da sua normalidade quando passamos por um homem encostado na porta de um carro. Ele tinha a mulher ao colo, ensanguentada.

Ela não sobreviverá, minha irmã disse, com a sua certeza de médica. Mas mandou o táxi parar e desceu para prestar socorro. Pouco pôde fazer além de constatar o óbito. Deu a notícia ao marido e, em seguida, atendeu aos meus apelos para irmos embora dali. O homem pegou a esposa nos braços, entrou com ela no carro e partiu. Foram como vinham antes: ele dirigindo, ela sentada no banco do carona.

Meus sobrinhos dormiram tarde, eufóricos com o retorno da mãe. Não tínhamos fome, mas a empregada, há tantos anos na casa, insistiu que deveríamos tomar ao menos uma sopa.

Meu cunhado berrava a sua impotência. Iriam concluir o processo de imigração para o Canadá, estava decidido. O Brasil havia se tornado um lugar impossível de se viver! Minha irmã concordava, com os olhos vermelhos de tanto chorar sobre o nome de cada filho! Eu pedia que eles tivessem calma, que não tomassem nenhuma decisão precipitada, que era natural estarmos todos abalados, que deveríamos esperar pelos próximos dias... Mas as minhas ponderações deram ensejo a uma recorrente discussão sobre a inviabilidade do Brasil. Ela havia se convencido de que o drama social brasileiro não teria solução próxima, e eu mantinha a certeza de que a criatividade do povo encontraria um caminho para o país.

A pequena querela continuou por caminhos já percorridos; cada frase ciente da contestação que enfrentaria; os argumentos ficando cada vez mais sintéticos; a contenda se abreviando, ansiosa por chegar ao seu final já conhecido, no qual eu e minha irmã manteríamos as nossas posições originais. A conversa viciada não dava chance a novidade.

Mas então eu avancei por um terreno novo ao me opor eticamente ao autoexílio da classe média brasileira. Ora, depois de se beneficiar das desigualdades sociais, pagando preços indecentemente baixos por serviços domésticos, aceitando contratar caríssimos planos de saúde, convocando exércitos de segurança particular, blindando os seus automóveis, lutando pelo progresso do indivíduo e não pelo da coletividade, manifestando essa vontade ao votar em partidos que sempre acenaram com a confiabilidade do mercado como grande promotor do desenvolvimento social; apostando, enfim, em construir um país privado sob o disfarce da liberdade; quer dizer então que, quando esse macabro projeto fracassa, a solução é fugir para países onde justamente ideias socialistas haviam produzido sociedades mais justas e, portanto, menos violentas? E deixar para trás, como herança para os pobres, a desordem que promoveram?! Era nisso que ela acreditava?

Minha irmã se ofendeu e desceu com toda a sua inteligência sobre mim! Ela havia trabalhado desde a faculdade em postos de saúde pública em condições precárias, recebendo salários baixíssimos; havia pago as suas auxiliares domésticas o melhor que pôde, ajudado no que pôde; atendia em seu consultório de pediatria os filhos de todas elas sem cobrar nada; e, principalmente, havia votado nos partidos de esquerda que eu garantia serem a solução para o Brasil; e ela me desafiava a dizer aonde esses partidos haviam nos levado. Em que mundo eu vivia, protegida pelo meu emprego sueco? Será que eu não compreendia que todas as revoluções socialistas também escravizam os povos e fazem a riqueza da elite administrativa? *Escolha o país. China, Rússia, Cuba, Angola, Nicarágua, Moçambique, todos!*, ela enumerava. Se o preço da justiça social era a perda total da liberdade, ela preferia dar chance à liberdade de por si mesma encontrar um caminho até a justiça social. Eu dei a ela a resposta dos marxistas, que permanece válida apesar da corrupção dos governos revolucionários: *no capitalismo só existe liberdade para quem pode pagar por ela.*

Meu cunhado pediu calma. Trouxe-nos água e a conversa arrefeceu um pouco. Aproveitando a distensão, voltei ao assunto, mas agora falando mansamente. Eu não negava as dificuldades, mas relativizava o drama argumentando que a violência existe em qualquer lugar; o terrorismo internacional ataca em todo o planeta! Por que haveria ela de se sentir mais segura aonde quer que fosse? Mas minha irmã e o marido me acusavam de ingênua, de nutrir sonhos juvenis de esquerda e me pediam que compreendesse que o Brasil não tinha projeto algum de país num horizonte visível; que a desonestidade absoluta do processo político havia destruído qualquer possibilidade de construção pacífica do futuro! Eu não discordava, mas retrucava apontando o ceticismo como um luxo de quem tem o que perder; que a gente pobre tem sempre esperança porque esperança é só o que lhes resta. E os fui colocando contra a parede. Então, na opinião deles, a solução para duzentos milhões de brasileiros seria abandonar o país? Eles advogavam a diáspora de toda uma nação, era isso? *Encontrar uma solução individual é uma traição*, tive a crueldade de sentenciar. Perguntei se ela e o meu cunhado já não tinham mais amor pelo Brasil? *Amor pelo Brasil, amor pelo Brasil?*, eles repetiam, escandalizados. Do que é que eu estava falando?! *Existe Brasil? Ou isso aqui não é apenas um aglomerado de gente que por acaso nasceu no mesmo lugar e vive cada um correndo atrás da sua própria fortuna?!*

A conversa foi perdendo o bom senso e acabou por se tornar apenas um amontoado de réplicas desconectadas. Rodávamos, nos afogando em um rodamoinho de pobre dialética, quando minha irmã, em lugar de sobrepor mais um argumento em defesa da sua causa, me estendeu a mão, pediu que eu não dissesse nada, e implorou que eu fosse embora junto com ela. Éramos só nós duas desde sempre e ela não me queria longe por nada nesse mundo, ainda mais depois que a nossa mãe havia morrido. Confesso que o carinho dela me amorteceu as convicções. A hipótese de abandonar a confusão brasileira e partir para um idílico país estrangeiro cruzou a minha mente, luminosa e breve como um raio. Mas o ideal socialista da juventude havia participado da construção da minha identidade; sem ele, eu não me reconhecia. Era impossível, para mim, abdicar de quem eu era. Fui então eu a implorar que ela ficasse e continuássemos a lutar por um país melhor. Ela ouviu com grande tristeza o meu pedido retórico e, com tristeza ainda maior, me disse: *Você não tem filhos. Quando teme, teme apenas pela sua própria vida e não pela de uma pessoa por quem você é responsável.* Aquela verdade me atingiu como um tiro no peito. Eu, que não sou de chorar, chorei uma lágrima lacônica. Mas logo recuei para trás de todas as minhas defesas; soltei os cachorros da privacidade, e me calei. Meu cunhado interveio, alertando quanto ao adiantado da hora e ao cansaço; e se ofereceu para me levar em casa.

Fui de táxi. Eu não acreditava que minha irmã fosse realmente embora do Brasil e rapidamente me despreocupei daquela conversa. Hipnotizada pela monotonia das gotas de chuva escorrendo pelo vidro da janela do carro, eu não conseguia esquecer o rosto do meu assaltante, tão jovem e tão cheio de ódio. O que teria ele estado a conversar com seus colegas de roubo enquanto eu e minha irmã divergíamos sobre o Brasil? Saberia ele da existência de outros países, outras línguas, outras histórias? Provavelmente, não. Ele nunca haveria de deixar nem a sua cidade natal. A nacionalidade é uma condenação à qual toda pessoa é sentenciada quando nasce; e poucos podem pagar a fiança que os colocará em liberdade.

VII

Olhai os lírios do campo, de Erico Verissimo. Constança morava na Inglaterra havia dois anos e o meu bloco de trabalho ostentava apenas a palavra TÍTULO, sem nada que a seguisse, como um nome sem sobrenome. Que seca!

Ideias fogem como sonhos de manhã. Ao abrir os olhos, a história sonhada corre novamente sobre a nossa mente sem que lhe falte um único momento. Mas, enquanto o corpo termina de acordar, os acontecimentos vão se confundindo, os personagens emudecendo, e tudo termina por se apagar. Quando levantarmos da cama, o sonho terá se esvanecido como uma nuvem dispersada pelo vento antes de ter tido a chance de chover. É assim que as ideias somem: sem deixar vestígios.

Sentado na cama, separado da escrivaninha por mero metro e meio de carpete, quantas vezes me aconteceu de a ideia para um livro surgir clara e nítida na minha frente e se condensar em uma frase perfeita; mas, ao me levantar para anotá-la, com o corpo ainda mal erguido sobre os pés, algumas palavras já desapareciam, deixando a sentença banguela; ao fim do primeiro passo, sobravam-me umas poucas sugerindo o sentido que fugia; ao empunhar o lápis, apenas uma boca vazia me mostrava as gengivas; ao encostar o grafite na folha, eu já não tinha nada o que escrever. A ideia havia evaporado tão completamente que, se eu a encontrasse escrita em um outro livro, não a reconheceria como tendo sido uma ideia que eu tive um dia. *A study in scarlet*, de Sir

Arthur Conan Doyle, *A arte de ser português*, de Teixeira de Pascoaes, *Our man in Havana*, de Graham Greene...

Havia também um outro modo especialmente cruel de essas desgraçadas se me escaparem: em vez de ir sumindo, a frase síntese da estória se mantinha intacta até o último momento; mas, assim que a folha em branco me encarava desafiadora, a depositária do meu tesouro aparecia destituída de todas as vírgulas e demais pontuações. As palavras então se chocavam umas contra as outras, afundando os seus sufixos contra os radicais das seguintes, enquanto eram invadidas pelas precedentes. Os significados se embaralhavam sobre os significantes como vagões de um trem descarrilado; eu já não distinguia o sentido preciso de cada uma delas; e a sua mensagem coletiva se tornava um amontoado de ferro retorcido. Eu olhava estarrecido o acidente catastrófico, duvidando que aquilo estava me acontecendo novamente. Cheguei a rasgar o papel, tamanha a força do ódio com que forçava o lápis contra a folha, riscando uma linha errática quando deveria estar desenhando a letra que eu já não sabia qual era.

Mas a visão de Constança debruçada sobre o livro que eu teria escrito para ela, sentada na mesma poltrona em que eu a conheci, me empurrava a perseverar todos os dias a despeito dos fracassos também diários. A força da obra haveria de despertar nela a paixão pelo autor! Eu tinha que conseguir! Milhares de livros são escritos todos os dias; não é possível que seja tão difícil assim! *Estorvo*, de Chico Buarque, *Leite derramado*, de Chico Buarque, *Animal farm*, de George Orwell, *Triste fim de Policarpo Quaresma*, de Lima Barreto...

Eu sentia tanta saudade de Constança que chorava sobre o gramado, jogando futebol de botão. Quando a dor ficava insuportável, eu atravessava a cidade e ia até o Leblon. Mesmo sabendo que ela não estava nem no país, eu podia jurar que a tinha visto entrando numa loja ou saindo do mercado. Mas nunca era ela, claro que não. Mas eu retornava dias depois, convencido de que algum imperativo a poderia ter obrigado a voltar. Nunca se sabe. Só o que eu precisava era de uma mínima chance; e uma mínima chance sempre há. *O caso Morel*, de Rubem Fonseca,

Galantes memórias e admiráveis aventuras do virtuoso conselheiro Gomes, o Chalaça, de José Roberto Torero, *Bellini e a esfinge*, de Tony Bellotto...

Outra coisa que eu fazia para acalmar a minha saudade era procurar no jornal a previsão do tempo para Londres. Saber a temperatura sob a qual ela estava vivendo me informava alguma coisa sobre ela. Não era muito, mas era melhor do que notícia nenhuma. Eu pensava nela agasalhada nos dias de frio ou seminua nos raríssimos dias de calor; eu a via apressada, com galochas e guarda-chuva, ou sentada de minissaia no banco de um jardim, caso chovesse ou fizesse sol. E sempre lendo, sentada à frente de uma parede de livros. *Candide ou l'optimisme*, de Voltaire, *26 poetas hoje*, antologia organizada por Heloisa Buarque de Hollanda, *O mistério do samba*, de Hermano Vianna...

É preciso lembrar que a saudade de hoje não é a mesma daquele tempo. Não havia ainda nenhuma dessas modernas modalidades de comunicação instantânea; as notícias andavam devagar. Uma ligação telefônica era feita através de uma telefonista e custava uma fortuna. Não havia fotografia digital; uma foto tinha que ser revelada em um laboratório. Não havia e-mail; uma carta tinha que ser enviada pelo correio. Tudo tinha que acontecer fisicamente! A pessoa amada não aparecia sorridente em uma tela contando as novidades do dia. Nada era imediato. Antigamente, a saudade era genuína; apertava o peito sem atenuantes. Hoje, ninguém mais está longe. No meu passado, viajar era sumir. *Dix heures et demie du soir en été*, de Marguerite Duras, *The grapes of wrath*, de John Steinbeck, *Historia de la eternidad*, de Jorge Luis Borges...

Eu acabei ficando amigo de verdade do irmão da amiga de Constança. E continuei frequentando a casa dele, embora a gente já não jogasse Killers of the Future tanto como antes. Ele era muito burrinho, mas gostava de ler revistas em quadrinhos. Eu comprava umas de segunda mão no sebo do seu Velhinho Livreiro e levava para ele. Ficávamos os dois lendo e falando muito pouco. *Memórias póstumas de Brás Cubas*, de Machado de Assis; *O que é isso, companheiro?*, de Fernando Gabeira; *The invention of solitude*, de Paul Auster.

Às vezes eu conseguia pescar umas palavras que a irmã dele trocava com a mãe sobre os destinos de Constança. Foi assim que eu fiquei sabendo que a família tinha ido visitá-la no Natal daquele ano; parece que fizeram uma viagem até Edimburgo, na Escócia, onde haviam congelado. No ano seguinte, supondo que seria a vez dela de vir passar as festas com os pais, fiquei vagando pelo Leblon dezembro e janeiro inteirinhos. Mas soube depois, pela mesma fonte, que ela só viria para o Carnaval.

Não sei se ela veio, mas eu desfilei em todos os blocos que passaram pelo bairro com a minha fantasia de Biblioteca Nacional; muito criativa, por sinal. O folião erudito, escreveram num jornal por baixo de uma foto em que eu aparecia. Pena que não dava para me reconhecer com os óculos enormes, os brincos de marcador de página e o chapéu de luminária. Se desse, quem sabe Constança não mostraria para as amigas inglesas o quanto eu era divertido e ficaria falando um pouco sobre mim.

Nessa época, eu comecei a ficar mesmo muito drogado. Quando não estava tentando escrever ou jogando futebol de botão, eu estava lendo. Lia compulsivamente. *Perto do coração selvagem*, de Clarice Lispector, *Robinson Crusoe*, de Daniel Defoe, *The catcher in the rye*, de J. D. Salinger, *Amor de perdição*, de Camilo Castelo Branco, *The old man and the sea*, de Ernest Hemingway... Eu vivia enfiado na Al-Qabu Edições Brasileiras comprando tudo o que o seu Velhinho Livreiro me recomendava. Ele tinha muita alegria em me apresentar autores novos; dizia sempre: *Esse você tem que ler!*; e enfeitava a apresentação citando frases memoráveis que o escritor tinha legado para a história. *The past is never dead. It's not even past.* Lembro dessa, mas não lembro de quem é. Ele acreditava que eu era mesmo um leitor voraz. Pobre homem... Se soubesse o mau uso que eu fazia dos livros, duvido que me oferecesse tantos. *The sound and the fury*, de William Faulkner, *A sibila*, de Agustina Bessa-Luís, *Memórias de um sargento de milícias*, de Manuel Antônio de Almeida, *Mémoires d'Hadrien*, de Marguerite Yourcenar...

Um dia, do nada, de repente, sorrateira, a Voz começou a falar comigo. Ela veio primeiro nos sonhos. Frequentemente, eu adormecia tentando escrever o livro para Constança. O sono era um abismo sem fundo e os sonhos eram muito agitados. Eu sonhava com tudo e não me lembrava de nada. Mas lembro que sonhava com tudo. Era como se eu estivesse procurando um sonho que eu precisava sonhar, mas não o encontrava; e ficava sonhando todos os outros porque o sonho necessário, entre eles, certamente estava.

Foi num desses sonos, cheios de sonhos amontoados, que a Voz apareceu. A Voz é serena, mas é autoritária. Ela disse que eu era Jesus Cristo. Claro que eu não acreditei. Eu não sou maluco para ficar acreditando em uma voz que fala dentro da minha cabeça. E depois, se eu fosse o Filho de Deus, eu saberia; não precisava de voz nenhuma para me dizer. Eu estava justamente contradizendo a Voz no sonho quando um passarinho todo colorido pousou na minha janela. Ele era tão real que só podia ser de verdade, e eu então me dei conta de que eu não estava dormindo; a Voz não era um sonho; era uma realidade. Confesso que fiquei um pouco assustado. *A turma da Mônica*, de Mauricio de Sousa. Sempre que a Voz vinha, eu pedia que ela me deixasse em paz; explicava que eu tinha muito o que fazer, que não tinha tempo para ficar divergindo de uma voz na minha cabeça. Acho que ela se sensibilizava e me concedia alguns dias de silêncio. Mas voltava a me importunar pouco tempo depois. *Os últimos dias de Paupéria*, de Torquato Neto, *Narciso em tarde cinza*, de Jorge Mautner, *On the road*, de Jack Kerouac, *A passagem do cometa*, de Luis Olavo Fontes...

VIII

Exausta da viagem, do assalto e da briga, eu só queria dormir e acordar para um novo dia. Mas a noite estava ainda longe de terminar. Quando cheguei em casa, encontrei o meu namoradinho negligente cochilando no sofá da sala com um buquê de flores caído sobre o peito. É isso que acontece quando a gente deixa as chaves com uma pessoa de confiança.

As queixas e as explicações ficaram para depois da festa do reencontro. Ferida de amor novo cura fácil. E o sexo é mesmo uma coisa egoísta e poderosa; quer o que é dele e impõe a própria agenda ao usuário, subjugando todas as outras demandas da pessoa.

Depois de uma boa meia hora de dedicação aos caprichos da luxúria, fui finalmente liberada para o descanso. Mas despertei no meio da noite como se já fosse de manhã. O corpo nu do homem ao meu lado não pertencia àquela casa. Quem ele pensava que era para aparecer do nada depois de haver me deixado sem notícias por dez dias?! Mas não tive coragem de acordá-lo; seria uma heresia! O descanso do homem é sagrado; lição aprendida em casa. Concedi ao renegado que continuasse ressonando no meu colchão caríssimo; mas, ao menos, lhe cobri as indecências.

Sentei-me no sofá e me larguei na semiescuridão da sala, usufruindo os prazeres da insônia. Eu poderia morar em qualquer lugar da cidade, mas escolhi Copacabana porque aqui, a qualquer hora do dia, tem sempre alguma coisa acontecendo. E o bairro tem 4 quilômetros de praia; tão linda, com o seu traçado suavemente encurvado, acolhendo a entrada da Baía de Guanabara. Os navios passam, as pessoas passeiam, os ladrões assaltam, a polícia mata (e, ultimamente, morre também), a prostituição funciona de segunda a domingo, os turistas se maravilham... Uma agitação constante! Copacabana é um bairro bom para solitários porque nele ninguém nunca se sente sozinho. Mas, nessa noite, eu me senti.

Eu não tenho problemas com a solidão. Sempre trabalhei muito, adoro ler, faço ginástica, tenho amigos e amigas, família, sobrinhos, gosto de samba e de chope, namorados nunca me faltaram... Eu sei o que fazer comigo mesma; não conheço o tédio. Não me lembro de outro dia em que a solidão tenha me incomodado; mas hoje, no espaço generoso do meu apartamento anos 50, eu me senti, de súbito, completamente só.

O ronco de uma motocicleta vindo da rua me atraiu até a janela. Lá embaixo, o traficante motoqueiro entregava a encomenda a um dos meus vizinhos. Um casal de idosos passeava seus cachorrinhos na madrugada, sem fazer atenção à ilicitude que acontecia junto a eles. Enquanto eu observava a cena, vivamente acesa pela luz alaranjada da iluminação pública, um medo inédito se insinuou por dentro do meu dessossego; medo de envelhecer sem família, sem filhos. *Deve ser a idade*, falei sozinha. Fazer trinta e cinco anos não estava nos meus planos, mas foi inevitável. A moto se foi, um grupo de jovens bêbados passou cantando o hino de um clube de futebol, um travesti desceu de dentro de um táxi...

A movimentação, entrevista através dos galhos da enorme amendoeira que cresce embaixo da minha janela, construía uma confortável sensação de familiaridade, mas o medo já havia encontrado um terreno fértil no meu coração intranquilo; e passou a me interrogar impiedosamente: *Que fim tiveram os muitos amores que eu havia vivido? Onde estava o pai dos meus filhos? Como eu tinha conseguido atravessar dois casamentos sem engravidar?! Minha irmã mais nova já era mãe; eu tinha sobrinhos, mas não tinha filhos! O homem na minha cama era pai, mas a mãe das filhas dele não era eu!* O medo me chicoteava, me acumulando de perguntas sem me dar tempo de responder. Não é por uma resposta que o algoz tortura; é pelo prazer de desesperar o torturado. Um remorso sem piedade me assaltou e eu tive ódio da minha vida. Acho que eu nunca havia pensado no futuro, antes de hoje.

Um menino solitário cruzou a rua apressado. Poderia ser o meu assaltante voltando para casa ou o filho que eu ainda não tive chegando de uma festa. O menino parou um pouco mais à frente e forçou a janela de um carro. Correu quando ouviu a sirene da polícia. A luz azul e vermelha do giroscópio logo surgiu, varrendo a calçada, em grande velocidade. O casal de velhinhos passeando os cachorros passou novamente, indiferente à confusão.

Acréscimo feito no dia seguinte:

Assistindo ao telejornal da tarde, fui surpreendida pela notícia de que um casal de velhinhos havia sido preso na noite anterior na Rua Rainha Elizabeth — a minha rua! — por assalto à mão armada.

Os policiais que efetuaram a prisão estavam perseguindo um traficante de drogas que atua na região quando surpreenderam os idosos conduzindo, em alta velocidade, a motocicleta roubada justamente ao criminoso procurado. O casal foi levado para a delegacia, onde se constatou que haviam assaltado mais seis pessoas na mesma noite: um menor de idade, também assaltante, um travesti, um médico aposentado (que, depois, descobriu-se ser usuário de drogas) e mais três habitantes da comunidade vizinha, todos trabalhadores noturnos que chegavam em casa ao amanhecer. Segundo investigação preliminar, o casal de septuagenários parece atuar na região há algum tempo. As suas vítimas preferenciais são as pessoas pobres que moram na favela do bairro. Os dois idosos são aposentados, proprietários de imóveis e gozam de boa saúde. Respondendo a uma jornalista que quis saber a razão dos assaltos, a senhora afirmou: "Está difícil para todo mundo, minha filha. O meu plano de saúde dobrou depois que fiz 60."

Ao saber da prisão dos patrões, a empregada do casal procurou a delegacia para reclamar que teria sido furtada dentro da casa onde trabalha. Em seu depoimento, a funcionária doméstica declarou que, após receber o seu pagamento em dinheiro, ela o guardou embaixo do filtro de água, como faz sempre. Mas quando ia embora, ao fim do expediente, a surpresa: só encontrou metade do ordenado. Ninguém esteve na casa durante todo o dia além dela e dos patrões. A mãe de cinco filhos ficou desesperada e foi se queixar com a patroa. A senhorinha não quis saber dos problemas da empregada. "Já te paguei, o prejuízo é teu. Alguém pode ter entrado sem você notar, que você vive com a cabeça no mundo da lua." A pobre moça não suspeitou, então, dos empregadores; mas, quando soube da prisão deles, resolveu procurar a delegacia. Ainda sem conseguir acreditar no que estava passando, ela desabafou em frente às câmeras de televisão: "Isso é o fim do mundo; a empregada ser roubada pelos próprios patrões?! Antigamente, o pobre é que assaltava o rico. Meu Deus, onde é que isso vai parar?!"

O movimento na rua sossegou e eu saí da janela. Eu olhava para meu namoradinho dorminhoco e me perguntava se a nossa história seria diferente de tantas outras. Amores a gente perde porque terminam, ou porque outros amores acontecem, ou porque o sexo reclama a sua independência. Mas, digam o que quiserem, é bom ter uma pessoa com quem dividir a vida.

Eu gosto do homem que está deitado na minha cama. Ele é bonito e eu sempre gostei de homem bonito. É um homem macho, sem delicadezas demais; o que eu também gosto. Ficou rico por mérito próprio, o que também me agrada, tenho que confessar. E teve uma crise moral aos quarenta anos, o que é fascinante para qualquer mulher. Depois de fazer dinheiro pelo dinheiro até cansar, decidiu abandonar a publicidade e se dedicar ao que gosta: literatura. (Essa é uma conquista que toda pessoa que enriquece se acha no direito de usufruir. Abdicam de suas atividades anteriores num gesto de altruísmo. Convém-lhes esquecer que fazer o que se gosta é o maior luxo de todos os que há!) Foi por conta da literatura que eu o conheci. Ele é o representante no Brasil dos suecos, donos da Books for EveryOne. Ele é o meu chefe. Subitamente, me vi afrontada por essa verdade: eu estava namorando o meu chefe recém-divorciado. Não pude evitar me reconhecer igual às heroínas dos livros de amor que eu tanto gosto de ler, e das quais eu me imaginava tão diferente.

Graças a Deus, o cansaço do corpo venceu as angústias do espírito e eu voltei para a cama. Livrei-me assim dos maus-tratos da solidão e do impiedoso interrogatório do medo.

IX

A ausência de Constança não me deixava viver; e eu só pensava em escrever a estória que a traria pra perto de mim. E, enquanto fracassava, me drogava com livros cada vez mais pesados. O seu Velhinho Livreiro me apresentou a uma coleção de filósofos cristãos e me convenceu de que eu conseguiria ler em latim; *É igual italiano*, ele tentava me incentivar. *De civitate Dei*, de Santo Agostinho, *De ente et essentia*, de São Tomás de Aquino; e até em grego ele jurava que eu conseguiria ler. *῎Εργα καὶ Ἡμέραι*, de Hesíodo, que quer dizer "Os trabalhos e os dias". Mas em grego não deu. O latim, em compensação, era forte. O sentido me escapava, mas eu conseguia ler a sonoridade. E aquela música sagrada levava o meu Eu Rico a enfrentar exércitos bíblicos e ter o desempenho sexual de um semideus; e a comprar, comprar tudo o que queria: roupas, carros, presentes, cavalos... A filosofia grega, o seu Velhinho Livreiro me deixou ler em francês, mas os títulos, ao menos, eu tinha que aprender em grego. *Συμπόσιον*, de Platão, que quer dizer *Le banquet*.

Mesmo dopado pela leitura, a angústia era grande. Algumas vezes tive que suspender o meu campeonato de futebol de botão por falta de condições emocionais. *La Métaphysique*, de Aristóteles... Eu precisava fazer alguma coisa para não enlouquecer. Decidi não seguir com os estudos e começar a trabalhar. Aquele estava sendo um ano difícil para mim. Terminar o segundo grau havia demandado muita concentração; e, para minha grande tristeza, eu tinha sido reprovado no exame para tirar a carteira de motorista. Duas vezes! O exame é muito difícil! Resolvi dedicar seis meses para me preparar antes de uma nova tentativa. Não tinha como eu estudar para o vestibular e me organizar para enfrentar o psicotécnico ao mesmo tempo. E eu ainda tinha o livro para Constança esperando por ser escrito! E a Voz, depois de uma longa trégua, tinha voltado a me procurar com aquela história de eu ser o Jesus Cristo. Não é fácil dissuadir a Voz. Ela é insistente, e, como não tem corpo, a gente não pode fazê-la calar acertando-lhe um tiro na cabeça. Temos que aguentar, ter paciência; o melhor é a gente fingir que não está ouvindo e deixar a Voz falando sozinha. *Le dernier jour d'un condamné*, de Victor Hugo, *The naked sun*, de Isaac Asimov, *Cidade de Deus*, de Paulo Lins...

Um emprego seria bom; ocuparia o meu tempo com coisas fáceis de fazer e me livraria da acusação de vagabundo, que eu temia que o meu pai viesse a me imputar.

Meu pai... Meu pai era descrente de tudo, menos do Homem, como ele dizia; mas não negava a possibilidade remota de existir alguma verdade no mistério, ainda que ele não cresse. *Talvez o mistério seja só ele mesmo*, lembro de ele dizer, tentando me atrair para uma conversa educativa. Meu pai prezava os assuntos do indivíduo mais do que a política, mas às vezes mudava de opinião. Advogava uma pobreza digna, libertadora. *A prisão mais severa é a ganância pelo poder, que é filha da ambição material. Não queira muito e você vai ter tempo para aproveitar a vida.* Eram essas as verdades que norteavam a vida de meu pai, mas ele mesmo duvidava delas e vivia colocando em questão as próprias convicções. Meu pai não tinha certezas. Mas não fazia drama de sua perplexidade. Ele era um diletante. Qualquer assunto lhe interessava; pensava em tudo sem preocupação de chegar a lugar nenhum. Anunciava as suas ideias, contava piadas ou dava broncas com a mesma suavidade com que enfrentava alegrias ou tristezas. Meu pai não tinha ansiedade. Fazia jardinagem e alimentava passarinhos. Eu nunca gostei dele e acho que ele também nunca gostou de mim. Não que ele tenha me tratado mal ou tenha sido violento comigo — nunca o foi! —, mas o meu modo de ser não o agradava, simplesmente. Diante da sua passividade, a minha insatisfação com tudo e o meu temperamento determinado lhe pareciam uma revolta sem fundamento. Quantas vezes ele me aconselhou que tivesse calma e alertou que a minha permanente atitude personalíssima só me traria conflitos. Quão mais serenamente ele me aconselhava, mais irritado eu ficava.

A única vez que ele se exasperou comigo foi dessa vez, quando eu lhe comuniquei que não faria curso universitário porque queria ganhar a vida e, além do mais, eu não precisava de professor para aprender. Elevando minimamente a voz, ele me disse que eu não era diferente de ninguém e que essa minha ambição de querer ser original em tudo era uma estupidez, desculpe dizer, ele disse, se desculpando. Essa foi a última conversa substancial que tivemos. A partir de então, tratamo-nos bem, mas sem proximidade. *As intermitências da morte*, de José Saramago. Eu via que ele sofria por não ter se afeiçoado a mim. Talvez meu pai tenha passado a vida inteira tentando me amar, mas não conseguiu. *Ensaio sobre a lucidez*, de José Saramago.

O seu Velhinho Livreiro havia me convencido de que devemos ler as obras completas de certos autores, e sem interrupção, um livro logo em seguida do outro. *Todos os nomes*, de José Saramago. Eu aceitava a lição só para ser gentil, porque para mim não fazia a menor diferença. Era tudo droga! *The Brooklyn follies*, de Paul Auster, *Mr. Vertigo*, de Paul Auster, *The New York trilogy*, de Paul Auster...

Eu consegui um emprego no hospício da minha rua, a Casa de Saúde Mental Antonin Artaud. Eles dizem que não é bem um hospício, e sim um hospital dia; que é uma espécie de creche para maluco. Os alucinados chegam às oito da manhã e vão embora às seis da tarde. A minha função era trocar lâmpadas, desentupir canos, regar o jardim, lavar os banheiros, jogar dama com os doidinhos e o que mais aparecesse. O nome do cargo era auxiliar geral. Em bom português, faz-tudo. Faz-tudo é a profissão de quem não sabe fazer nada, o que era o meu caso. Mas eu fiquei feliz com o trabalho. Já estava na hora de meu dinheiro ser meu. *Fahrenheit 451*, de Ray Bradbury...

Quando eu comecei a trabalhar, o meu pai se desinteressou de mim completamente. Deixou de me procurar, aceitou a minha reclusão e passou a me tratar com uma indiferença que era também suave, como tudo nele. Não posso negar que sofri quando percebi que meu pai havia desistido de me amar. Eu gostava que ele tentasse mesmo sabendo que ele nunca o conseguiria. *Le théâtre et son double*, de Antonin Artaud...

Eu entendo que as pessoas não aguentem manter o maluco da família o dia inteiro dentro de casa. Malucos são muito chatos, vivem no mundo da lua; querem tudo do jeito deles, como crianças mimadas. Os piores, na minha opinião, são os que se acreditam médicos. Esses viviam atrás de mim, insistindo em conversas intermináveis, querendo me aconselhar, me medicar... Eu os fazia a vontade porque eles pediam com tanto carinho que... O que é que custava? Eles ficavam tão ofendidos quando eu os xingava de loucos. Alguns até choravam; se de pena ou de raiva, eu não sei. Por isso, quase sempre, eu fingia acreditar que eles eram doutores. Pelo menos eles sossegavam e me deixavam ler em paz. *Ciascuno a suo modo*, de Luigi Pirandello, *La bête humaine*, de Émile Zola, *A hora da estrela*, de Clarice Lispector...

Quando eu já estava me habituando ao meu novo cotidiano, e já convivia resignado com a saudade de Constança, tal um velho com o seu reumatismo, o meu amigo veio com a grande notícia: como presente por ter sido aprovado no vestibular para direito — grande coisa... —, ele tinha ganhado dos pais uma viagem para Londres. Ele me contou eufórico, gritando através da grade do jardim do hospício, enquanto eu arrancava o mato da grama. Na verdade, a irmã estava indo visitar Constança e ele era a carona compulsória. O que eu queria da Inglaterra? Notícias dela, eu não tive coragem de responder quando ele me perguntou, mas pensei. Meu amigo embarcou levando com ele o meu coração. Traga-o de volta para mim autografado por Constança, teria sido romântico se eu tivesse pedido.

El coronel no tiene quien le escriba, de Gabriel García Márquez, *El otoño del patriarca*, de Gabriel García Márquez, *Cien años de soledad*, de Gabriel García Márquez...

Enquanto esperava pelas notícias que me chegariam da Inglaterra, algo novo me aconteceu. Eu estava tentando recuperar uma aliança que um dos malucos havia deixado cair no ralo do banheiro, quando uma colega de trabalho entrou impetuosa, me olhou com grande determinação e avançou sobre mim, quase me engolindo com um beijo na boca. Nos atracamos com um desespero que fazia aquele agarramento parecer mais luta livre do que namoro. Eu a conhecia bem. Ela costumava se sentar ao meu lado no refeitório, puxar conversa, me oferecer metade da sobremesa... Gostava de mim, não havia dúvida. Mas ela não era o meu tipo. Não que ela fosse feia. Era bonitinha. Sei lá... Não era o meu tipo. Mas quem disse que você precisa de uma mulher do seu tipo para perder a virgindade? O sexo aconteceu em pé, com a gente semivestido ainda. Tudo correu bem, apesar da urgência. O corpo sabe o que fazer nessa hora; a pessoa não precisa se preocupar. O único momento que me deu alguma apreensão foi quando o meu negócio entrou no dela e sumiu. Me deu um medo de que ele não voltaria para mim, como se tivesse escorregado para um buraco sem fundo e se perdido para sempre; igual aconteceu com a aliança que eu estava procurando. O receio me fez tirar, num reflexo. Ainda olhei para me certificar de que aquele era mesmo o meu. Era. Foi fácil entrar de novo. Agora que eu sabia que podia entrar e sair a hora que quisesse, a coisa ficou divertida. E que delícia! Mas foi rápido para nós dois. A colega se ajeitou e saiu do banheiro sozinha, mas antes me disse: *Obrigada*. Eu achei que não ficava bem dizer *de nada* e nada disse. Mas sorri. *Os sertões*, de Euclides da Cunha, *Sermões*, de Padre Antônio Vieira...

Pronto: eu não era mais virgem. Aquele foi um dos poucos momentos da minha vida em que eu não pensei um segundo sequer em Constança.

Não contei para ninguém, mas não resisti de me vangloriar perante o seu Velhinho. Ele ficou orgulhoso de mim. O seu Velhinho Livreiro tinha uma conversa mesmo muito boa! Um homem antigo. Acho que ele devia ter quase uns 80 anos. A loja era uma herança de família. O pai tinha comprado uma máquina de impressão nos anos 40 do século passado. Ele tinha a máquina até hoje. Ficava numa sala nos fundos da loja e o seu Velhinho Livreiro jurava que ela ainda funcionava. E, só para provar, imprimiu algumas folhas para eu ver. As letras saíam bem bonitas. Mas parecia que o mundo ia se acabar de tanto barulho que a diaba fazia. Olhando desprevenido, não dava nem para entender que aquele amontoado de engrenagens era uma máquina de impressão. Parecia uma nave espacial, mas do tempo em que o planeta dos extraterrestres era ainda em preto e branco.

Ele gostava também de me mostrar os livros que a Al-Qabu havia publicado. Eram mais de mil títulos desde a fundação da editora. Alguns de grande sucesso de vendas, tais como: *O tesouro da ilha vulcânica*, de Josemar Lopes Antônio, *As mágoas de dona Inês*, de Inês Sampaio Lopes, *A herança da discórdia*, de Fernão Dias, *A sesmaria e os 7 irmãos*, de Manuel Almeida Aragão, *Negro Antuérpio — o capitão do mato*, de Cleonice Moreira, entre muitos outros.

Um dia ele me confessou que o negócio mais lucrativo era vender livros sobre macumba e feitiçaria: *Na encruzilhada com o Pai Preto*, *A rainha das matas*, *A filha do capeta desafia o pai de Satanás*... Num outro dia, ele confessou que quem escrevia as histórias era, primeiro, o pai dele; e, depois, ele próprio. Os dois tinham adoração pelo Brasil e colhiam as lendas, os mitos, as mentiras e as verdades, misturavam tudo e inventavam estórias mirabolantes, mas que ficavam muito convincentes. Tanto é verdade que o povo comprava! Misticismo vendia que nem água! Dava até para cobrar um pouquinho mais caro. Mas eles tinham que se valer de pseudônimos porque ninguém compraria um livro de mitos africanos entrelaçados com lendas indígenas que tinha sido escrito por um imigrante árabe. Pajé Antônio Maria, Cristiano Crismado, Seu Zé, Ubiratã Buscapé, Malandro Mestiço, Professor Edinho do Pandeiro...

Aliviado por ter me contado a verdade, o seu Velhinho Livreiro tirou até um cochilo enquanto eu me divertia vasculhando as estantes. *Decameron*, de Giovanni Boccaccio, *Le rouge et le noir*, de Stendhal... Quando ele acordou, fez um café e ficou me olhando, esperando eu dizer alguma coisa. Na falta de algo melhor, eu contei para ele que também era escritor. Há muito tempo eu queria dizer isso para alguém só para ver o resultado. E foi muito forte. Ele me olhou de um modo respeitoso e quis saber que livros eu tinha escrito, e quem tinha editado. Eu disse que ainda estava escrevendo o primeiro e que muitas editoras estavam interessadas, mas eu ainda não havia me decidido por nenhuma. Ele quis saber sobre o que era a estória, com vivo interesse. *É a estória de um amor inútil*, eu disse; e, só porque não sabia mais o que dizer, acrescentei: *Acho que também vou usar pseudônimo.* O seu Velhinho endossou a minha decisão, confirmando que era uma boa ideia. *O pseudônimo deixa a gente resguardado dos críticos e dos maledicentes.* E que pseudônimo eu pretendia usar, ele quis saber. "Primeira Pessoa do Singular." Ele riu de cair no chão. Achou ótimo. Rimos os dois. A gargalhada de um se alimentando da gargalhada do outro.

De repente, o seu Velhinho Livreiro ficou solene e disse que fazia questão de ser o meu editor. A máquina de impressão estava funcionando perfeitamente, como eu sabia muito bem. Eu respondi que aceitava. Eu faria negócio com ele, em nome da nossa amizade; e prometi que traria os originais assim que terminasse de escrever.

Fazia menos dois graus em Londres aquela noite. *Dois idiotas sentados cada qual no seu barril*, de Ruth Rocha, *A bruxinha que era boa*, de Maria Clara Machado, *Sense and sensibility*, de Jane Austen... Animado com o interesse do seu Velhinho Livreiro, eu dobrei o número de horas que dedicava a escrever; infrutiferamente, infelizmente. *Manual prático do ódio*, de Ferréz...

X

Eu teria que estar na editora logo cedo para colocar em dia o trabalho atrasado por conta da viagem. Mas, depois das confusões da véspera, achei que merecia desfrutar de uma caminhada pela praia. Deixei um bilhete para o namoradinho sonolento e fui com a minha melhor disposição, apesar do tempo chuvoso.

Ao passar em frente ao Forte de Copacabana, uma estranha movimentação capturou a minha atenção. Um oficial de alta patente, tenente-coronel, como eu vim a saber depois, passava uma tremenda descompostura no cabo que montava guarda na entrada. O jovem, jovialíssimo soldado, aparentemente se recusava a obedecer a uma ordem que o superior lhe repetia; e permanecia imóvel, resistindo à reiteração do comando. Cheguei para perto da confusão, empurrada por uma curiosidade mórbida. Pelo pouco que pude compreender devido ao adiantado da disputa, o tenente-coronel exigia que o cabo pegasse do chão a bolsa de uma mulher que havia recém-chegado ao quartel junto com ele. Não deu para entender se era esposa, filha ou amante; mas, pela exasperação do militar, era certamente pessoa da sua estima. O soldadinho suportava o vendaval de ofensas com dignidade. *O senhor fale direito comigo que eu não sou seu filho*, repetia com coragem, apesar da voz sumida na garganta. O tenente-coronel solava aos berros sobre o discurso monocórdio do insubordinado, afirmando que se o infeliz fosse filho dele teria aprendido a respeitar a autoridade; e, entre um e outro xingamento de insolente, fazia ameaças de corte marcial, de prisão, de deportação, de arruinar-lhe a vida! Mas o jovem se mantinha irredutível, afirmando que não havia base jurídica para processo militar algum, uma vez que não é trabalho do Exército brasileiro catar no chão bolsa de pessoa que tropeçou por conta própria. Os argumentos do jovem surpreendiam por sua simplicidade, embora ainda não se conhecesse o motivo de tão obstinada determinação. Outros soldadinhos haviam se aproximado e, muito timidamente, tentavam acalmar os ânimos; mas o tenente-coronel não acreditava que estivesse sendo desafiado por um taifeiro de segunda classe. Nem cabo ele era, como eu descobri naquele momento. Um senhor ao meu lado, se dizendo ex-combatente da Segunda Guerra Mundial, me esclareceu que taifeiro de segunda classe é o posto mais baixo na hierarquia militar.

O tenente-coronel prosseguia na escalada de agressões verbais, citando de memória o artigo sexto do segundo capítulo do primeiro parágrafo do código disciplinar do Exército, que reza sobre a estrita obediência a ordens superiores.

O sargento de plantão chegou às pressas de dentro do quartel, ainda terminando de vestir o uniforme. Inteirado do que se passava, ordenou ao soldado que respeitasse o superior e pegasse imediatamente a bolsa no chão, conforme lhe havia sido demandado. Ao que o soldado lhe respondeu que, se quisesse a bolsa devolvida às mãos da dona, a teria que pegar ele mesmo. O sargento se calou estupefato diante da afronta; que foi dita, porém, sem agressividade alguma.

Um pequeno contingente de uns doze homens vestindo uns uniformes um pouco diferentes acudiu ao imbróglio. O tenente-coronel ordenou peremptoriamente que efetuassem a prisão imediata do rebelado. *Esses são a polícia do Exército*, o ex-combatente me clarificou. Sempre me custou entender por que razão o Exército precisa de uma polícia própria, mas agora estava claro: é para prender a si mesmo.

Sob o comando do capitão em chefe, os policiais recém-chegados avançaram sobre o taifeiro, mas o grupo de jovens soldadinhos que assistia à disputa formou uma parede protegendo o colega de quartel.

O tenente-coronel promoveu a sua agressividade à categoria "ódio de caserna" e ordenou aos solidários daquele traidor da pátria que se dispersassem imediatamente! E, como eles não se dispersassem, deu voz de prisão a todos eles! Mas, como era temerário que meros doze policiais tentassem prender um grupo de uns cinquenta soldados, o capitão perguntou timidamente ao tenente-coronel qual era a razão de todas aquelas prisões. E recebeu a seca resposta de que ordens superiores não têm razão. *São ordens irracionais!*, ele disse sem se dar conta do que dizia. Virando-se para o sargento, que de todos os presentes terminava por ser o único que lhe obedecia, o tenente-coronel o intimou a lhe emprestar a pistola que trazia no coldre. O sargento ainda ensaiou hesitar, mas não resistiu a um segundo olhar mais severo do superior. Armado, o colérico oficial esbravejou que estava ansioso para saber quem seria o próximo a desobedecer-lhe. E engatilhou a arma.

Nessa hora, até a dona da bolsa pediu ao marido, ou pai ou amante, que se acalmasse. Ela mesma pegaria a bolsa, aquilo era uma bobagem. Mas foi proibida de fazê-lo com um grito tonitruante do macho alfa em comando! O soldado iria pegar a bolsa do chão nem que o patrono do Exército tivesse que se levantar do túmulo e vir pessoalmente enquadrar aquele insolente! *Eu o teria feito sem problemas se o senhor tivesse falado com educação*, balbuciou o rapaz. E, pela coragem de o dizer, já merecia uma promoção. Sentindo-se desnorteado pela pureza do argumento, o tenente-coronel chegou tão perto do rosto da sentinela para ofendê-lo com palavras de fogo que este teve que recuar para não ser atropelado pelo colérico oficial. E, como ele continuasse a brandir a arma engatilhada, crescia a suspeita de que aquela contenda terminaria em tragédia.

Acuado contra a parede da guarita, o soldadinho, mero taifeiro de segunda classe, que entre os seus deveres nem se encontrava a obrigação de fazer sentinela, encostou as duas mãos sobre o peito cheio de medalhas do tenente-coronel e, com todo o vigor da sua juventude, empurrou o agressor para longe. O ímpeto da reação respondeu ao chamado da hombridade que protege a integridade de toda pessoa. Na sua ação de autodefesa, o corajoso rapaz quebrou toda a cadeia da autoridade nele introjetada pela lógica militar; e, mesmo sabendo-se condenado, sorriu diante da efêmera liberdade.

O tenente-coronel, homem já entrando nos seus setenta anos, tropeçou nas próprias pernas e foi ao chão. Ainda todos quedavam estarrecidos com o desenrolar surpreendente dos acontecimentos, quando um carrão verde-oliva, precedido por dois batedores, chegou ao portão do Forte. Dele desceu um homem seriíssimo, general de brigada. *Sabe-se pelas duas estrelas*, o ex-combatente me fez observar. *Agora tudo vai se acalmar; chegou um general*, a pequena multidão que ali se havia aglomerado pensou em uníssono. O homem já desceu do carro perguntando o que era aquela bagunça. As explicações começaram a ser dadas pelo sargento, mas, como este gaguejava, o tenente-coronel, soerguido do chão, irrompeu na conversa, alertando o general sobre a rebelião que estava em curso. Após escutar pacientemente o relato do seu colega de oficialato, o general de brigada dirigiu-se ao taifeiro de segunda classe e, com a voz calma de quem se sabe em posição de poder, afirmou a sua certeza de que o rapaz iria pegar a bolsa do chão e devolvê-la à dona, conforme a ordem recebida. Um silêncio cinematográfico invadiu a cena. Iria o soldadinho enfrentar um general de brigada, com duas reluzentes estrelas brilhando sobre cada ombro? Ou a valentia dele terminava por ali? Todos no pequeno ajuntamento depositaram sobre a resposta do rapaz a esperança de verem nascer diante dos seus olhos um novo herói nacional. O tempo se estendeu para além da sua contabilidade vulgar, dilatando a espera. Os segundos pareciam se espaçar uns dos outros, alongando a volta completa do relógio. O taifeiro de segunda encheu os pulmões do mais fresco ar da atmosfera e, milagrosamente liberto de todo o receio, respondeu ao general que não era obrigação dele, enquanto militar profissional, obedecer a ordens não relacionadas às funções constitucionais do Exército; e catar bolsa de gente distraída não era uma delas; e, diante da surpresa de todos, ajuntou que ele o teria feito de bom grado se o tenente-coronel não tivesse dado a ordem como se falasse com um empregado. *A escravidão no Brasil foi abolida há mais de cem anos!*, arrematou, sem alterar a respiração. E só então se fez relevante o fato de o rapaz ser afrodescendente.

O general ouviu com paciência as explicações e, após contar até dez, afirmou que compreendia a posição do jovem, mas que o mérito da questão só seria examinado após ele haver obedecido à ordem dada, o que ele deveria fazer prontamente e de bom grado, ele fez questão de enfatizar. A frase começou a ser dita com a mesma calma da primeira, mas, da metade para o fim, a voz do general elevou-se num crescendo contínuo até terminar em um berro que fez recuar o próprio mar. Mas o soldadinho não se moveu, e repetiu o que tinha dito ao sargento: se o general de brigada quisesse a bolsa fora do chão, teria que pegá-la ele mesmo. *Subalterno hierárquico não é lacaio particular do superior. A autoridade militar só é legítima quando exercida para se obter o fim a que ela se destina. Ensinou-me o meu pai, que aprendeu a lição do pai dele, cujo corpo repousa em Pistola, Itália, no túmulo do soldado desconhecido da Força Expedicionária Brasileira, onde repousam os que morreram na Segunda Guerra Mundial.*

Não houve aplausos, mas foi como se tivesse havido. Era inacreditável! Um soldado menor, menos que soldado, havia enfrentado a ordem de um general de brigada com duas estrelas! Se uma comemoração explícita não aconteceu foi por receio de que o jovem herói não sobreviveria à ira vingativa do oficial. Mas, quando se pensou que o detentor de uma patente tão exuberante partiria para cima do taifeiro de segunda com toda a autoridade que a Constituição lhe confere, o general ficou pálido, sem pulso, perdeu as forças e quase desfaleceu engasgado no próprio orgulho ferido.

Em um júbilo silencioso, ao menos parte da assistência deu como concluída a vitória dos oprimidos. Mas a comemoração durou pouco. O tenente-coronel, tresloucado de fúria diante da afronta impingida ao general, apontou a arma que tinha consigo para o taifeiro de segunda e lhe fez um ultimato: que pegasse a bolsa se tivesse amor à vida. Nesse dramático momento, destacou-se da multidão, como um solista que surge de dentro do coro, um delegado da Polícia Federal, levantando o distintivo para comprovar quem era. O novo personagem deu voz de prisão ao tenente-coronel por flagrante tentativa de homicídio, dando uma guinada inesperada no rumo dos acontecimentos. *Preso está você*, cuspiu-lhe o colérico militar, incrédulo de estar sendo desafiado.

O policial federal, atendendo ao treinamento recebido na academia, colocou o tenente-coronel sob a mira de sua arma. *E qual seria o meu crime, senhor tenente-coronel?*, rebateu com firmeza. *Meter-se onde não foi chamado*, devolveu o oficial. A pobreza do argumento foi recebida com uma discreta vaia pela audiência, que a essa altura já ansiava por participar ativamente do espetáculo. O delegado da Polícia Federal e o tenente-coronel ficaram se dando voz de prisão mutuamente sem que nenhuma prisão de fato ocorresse; as armas apontadas uma para a outra, como se pudessem defender os seus donos do tiro do oponente.

Encalhada no conflito de autoridade, a situação não se resolvia quando um banhista, vestindo apenas uma sunga e sandálias de dedo, apresentou-se como almirante de esquadra e se ofereceu para dirimir a contenda. Ninguém seria preso no momento... Mas o general de brigada, já ligeiramente refeito do quase desfalecimento, mandou o intruso calar a boca, que em assunto do Exército a Marinha não se metia.

A crise das patentes ainda sofreu mais um incremento com a chegada de um marechal do ar. Em trajes de jogging, o aposentado da Aeronáutica interrompeu o seu exercício matinal, arvorou-se como superior de todos os envolvidos e reclamou para si a autoridade sobre a palavra final. Mas não lhe deram atenção alguma; já ninguém ouvia ninguém. A confusão era grande: o general de brigada dava voz de prisão ao delegado da Polícia Federal, que dava voz de prisão ao tenente-coronel, que a essa altura já dava voz de prisão ao almirante de esquadra; que ordenava ao capitão da polícia do Exército que prendesse os soldados do quartel; estes, por sua vez, davam todos juntos voz de prisão ao sargento que os ameaçava de prisão; e o marechal do ar insistia na sua autoridade maior e dava voz de prisão a todo o conjunto. E preso ninguém ia.

A confusão já derivava para a comédia quando o tenente-coronel, sempre ele, deu um tiro para o alto, acreditando que com tal demonstração de valentia daria fim àquela desordem. Mas o efeito foi o contrário. A turma da polícia do Exército uniu-se de vez aos soldados do quartel, jogaram-se sobre o oficial, retiraram-lhe a arma e o imobilizaram, sob os raivosos protestos do resto do oficialato presente.

Aos berros, xingando todos de traidores da pátria, o tresloucado incitador original do incidente foi levado para dentro do quartel; para onde também seguiram todos os demais envolvidos; e, finalmente contidos pela vergonha, se recolheram à privacidade das instalações militares.

O taifeiro de segunda classe foi o único que permaneceu. Extenuado e triste, viu-se novamente sozinho em sua guarita. Achou por bem manter o posto, na esperança talvez de evitar um agravante aos seus crimes. E, descobrindo a bolsa da discórdia, que permanecia no chão abandonada como um cadáver insepulto, ele se dirigiu a um garoto de uns dez anos que por ali perambulava: *Não quer roubar? Leva, rouba e some daqui.* E a bolsa sumiu para nunca mais ser encontrada.

Mais tarde, contando às gargalhadas para os meus colegas de trabalho a cena que eu havia presenciado, fui assaltada, no meio do relato, por uma sensação de desconforto. Uma premonição de catástrofe se esboçou dentro de mim, me fazendo perder o sentido de humor do caso que eu narrava. Não sei se foi por conta da maconha que tínhamos fumado, ou sei lá por que, o rosto do meu assaltante da véspera me apareceu e se confundiu com o do bravo taifeiro de segunda classe, herói daquela manhã. Eles se amigavam como se fossem dois irmãos perdidos um do outro que agora se reencontravam. A fúria de um e a bravura do outro se contrastavam; enquanto o medo, que em ambos era o mesmo, os assemelhava. E, numa visão que me dominou, imaginei os meus pequenos desafiadores da ordem pública descarregando pesadas metralhadoras contra a moça que vi morrer no colo do marido durante o assalto da chegada. Como se habitasse a vida deles, vivenciei por um breve instante o íncubo desespero dos injustiçados e pus a mão na revolta que sentem. Acordei do pequeno delírio com a bagunça que havia dominado a reunião; e me deixei capturar pela euforia do grupo. Fiz esforço para me divertir com as piadas que pulavam na conversa, tentando me afastar da breve visão soturna que havia me raptado. Infelizmente, acontecimentos de um futuro bem próximo viriam a confirmar a suspeita de fim de mundo que naquele dia eu desconversei de mim mesma.

XI

Deus da chuva e da morte, de Jorge Mautner. Eu e a colega do hospício fazíamos sexo com uma frequência regular, sempre no banheiro, nem sempre de pé. Mas não era namoro, embora para ela talvez fosse. Eu até fiquei meio esquecido de que o meu amigo ia voltar trazendo o meu coração autografado por Constança. Eu estava muito ocupado com a minha nova vida de homem. *Verdade tropical*, de Caetano Veloso.

O seu Velhinho Livreiro estava determinado a me apresentar à literatura russa. *Agora que você já é homem feito, já está trabalhando, tem que conhecer a maravilha de Pushkin, Gogol, Dostoievski, Tolstoi, Turgueniev, Tchekhov...*, ele enumerava os gênios me mostrando os livros recuperados, que ele mesmo reencadernava. O problema é que eu não leio russo e o seu Velhinho se recusava a me vender traduções; ele abominava livros traduzidos. Dizia que, se fosse para ser na língua materna, eu lesse um escritor nativo. *Преступлéние и наказáние* é *Crime e castigo*, em russo. Não tinha a menor chance de eu aprender!, apesar de o seu Velhinho acreditar que eu era capaz de qualquer coisa. Depois de eu insistir muito, implorar, argumentando que até o alfabeto era outro, ele me deixou comprar uma tradução honesta das obras completas de Dostoievski, mas eu tinha que jurar que decoraria o nome dos livros no original. *Идиóт*, *Брáтья Карамáзовы* e *Бесы*, que são: *O idiota*, *Os irmãos Karamazov* e *Os demônios*. O meu Eu Rico viveu aventuras geladas e inventou o palito de fósforo, ficando mais rico ainda.

Foi nesse dia, voltando para casa pesado de tantos livros na mochila, que eu vi acesa a luz no quarto do meu amigo. Haviam retornado da Europa! O amor que eu sinto por Constança, que andava adormecido naqueles dias, despertou para uma manhã de Carnaval na Bahia! Eu corria em volta de mim mesmo, desorientado de alegria como um cachorro com a chegada do dono. Me joguei pelas escadas acima, vencendo os dez andares como um atleta olímpico, e toquei a campainha, ofegante. Fui bem recebido como eu sempre era; me ofereceram até uma sopinha. Tive que aguentar umas duas horas de falação sobre o Big Ben, museu de cera, uma roda-gigante gigante mesmo, teatro musical Les misérables e The phantom of the Opera, e sei lá mais o quê, até conseguir algumas horas a sós com o meu amigo. Aí, sim, ele começou a falar do que verdadeiramente interessava: *Mulher*, foi ele que disse. Eu não fazia ideia do que era um país civilizado. As garotas eram mesmo livres. Nas três semanas da viagem, ele tinha beijado na boca de perder a conta em uns tais de pubs e ido para a cama com duas inglesas mais uma. Constança surgiu na conversa como uma personagem de apoio nas aventuras eróticas internacionais do meu amigo. As duas inglesas eram amigas dela. Na verdade, elas eram irmãs dos dois namorados entre os quais Constança estava se dividindo.

Não há caminho mais curto até o inferno do que essa pequena frase. Constança não tinha apenas um, mas dois namorados! Foi fácil exclamar: *Dois?!* Meu amigo confirmou que eram dois; um paquistanês e um indiano, mas eram ingleses; todos colegas de faculdade. Constança estava muito adulta; eu não a reconheceria. Tinha o cabelo com umas mechas cor-de-rosa, um piercing no nariz e se vestia só de preto; e vivia com esses namorados para cima e para baixo, cada dia um. Eu não queria ouvir mais nada; só queria sumir dali e me afogar na leitura de uns seminários de Lacan que davam uma onda fortíssima! Mas o meu amigo tinha se apropriado da palavra e contava pormenores das suas aventuras sexuais em terras da rainha. Não vou entrar em detalhes porque esse tipo de intimidade que homem adora exagerar nunca me agradou.

Quando cansou de me esmiuçar as diferenças entre o sexo paquistanês e o sexo indiano, eu fiz menção de ir embora, mas ele não deixou; agora é que vinha a melhor parte. Eu já imaginava o que seria: por certo que ele havia conseguido a suprema felicidade de ir para a cama com as duas ao mesmo tempo.

A farra se desenrolava sempre na casa de Constança, ele me esclareceu, introduzindo o epílogo da história. Cada vez que um namorado vinha, trazia a irmã; era um costume lá deles, parece. O revezamento era muito bem organizado e, embora nada fosse escondido, a delicadeza recomendava evitar um encontro a três. Bom para ele, que se atracava cada dia com a irmã do namorado que vinha. Mas, na última noite que ele tinha na cidade, alguém confundiu Tuesday com Thursday; e aí aconteceu o pior. Não teve educação inglesa que evitasse a gritaria. *Índia e Paquistão reviveram seus dias de Guerra Civil*, meu amigo fez piada, mas eu não entendi. Até acusações de vagabunda Constança teve que ouvir; mas pode ter sido outra coisa, que o inglês dele também não era tão bom assim.

Com a reclamação dos vizinhos, os namorados de Constança foram embora levando junto as respectivas irmãs. E, assim, o meu amigo se encontrou abandonado logo na última noite que ele tinha no paraíso sexual europeu. *Abandonado?* Nesse ponto da narrativa, ele fez uma pausa de suspense e preencheu as reticências com um olhar maroto. Eu compreendi tudo imediatamente, mas não quis acreditar. Nem quando ele concluiu: *Duas inglesas mais uma brasileira, entendeu?* Não, eu não queria entender! A partir daí, as palavras dele vinham em minha direção como o deslocamento de ar de uma explosão atômica. O silêncio que antecede a devastação se instalou dentro de mim. Eu já não ouvia nada; mas lia nos lábios do meu amigo a descrição dos acontecimentos óbvios que levaram ele e a minha Constança para a cama. E aquele tinha sido um sexo digno da palavra foder! Ele disse isso mesmo: foder! O corpo nu de Constança era uma perfeição ainda mais perfeita do que aquela que se adivinhava sob a roupa! Ele me jurava que eu não era capaz de imaginar, e era só o que eu imaginava desde sempre. *E o apetite dela para todo tipo de sacanagem...* Aí eu desmaiei. De mentira, claro. Depois culpei um dia inteiro de trabalho sem ter me alimentado direito pela ligeira queda de pressão; e aproveitei a desculpa para fugir dali.

O meu amor por Constança não vacilou nem um nadinha de nada por conta dos namorados estrangeiros nem do sexo casual com o meu amigo; ainda que imaginar a intimidade deles me afrontasse de eu ter que virar o rosto para não ver. Apesar do desgosto, da mágoa, da raiva, do ódio, da revolta, da repulsa... Apesar do meu coração pisado como uma guimba de cigarro no chão, eu tinha certeza de que continuaria a viver dedicado a Constança como um instrumentista ao seu instrumento.

O que me doía era assistir à mulher da minha vida aceitar essas migalhas de amor quando eu tinha por ela um amor intacto, novinho, ainda dentro da caixa, esperando para ser desfrutado. Ninguém lhe faria as vontades como eu! Eu lavaria a roupa dela, passaria a ferro e guardaria no armário. Duvido existir quem a trataria melhor.

Andando para casa descalço, porque num acesso de fúria eu havia jogado os sapatos fora, eu compreendi que Constança teria uma vida cheia de amores; e eu, que ambicionava ser o maior de todos, não seria, por isso mesmo, nem sequer um deles. Constança não era para mim. Eu não sabia nem falar inglês direito. Era melhor eu aceitar e ficar triste logo de uma vez. E fiquei.

Mas eu não sei o que fazer quando estou triste; então, desentristeço rápido e começo logo a pensar num modo de vencer! O livro! O meu livro escrito diretamente para Constança haveria de ser ainda mais grandioso do que antes! Já não se tratava apenas de conquistar a mulher da minha vida; mas sim de raptá-la ao mundo! Sentado nu à minha escrivaninha, eu buscava incendiar o meu ânimo com essas palavras de determinação. Mas a folha na minha frente continuava em branco! Coisa filha da puta de difícil é escrever um livro! Puta que pariu! Desculpa o palavrão. *Inocência*, de Alfredo d'Escragnolle Taunay, *The comedians*, de Graham Greene...

Já de pijama, deitado na cama, eu dediquei um breve pensamento de ternura à minha colega de trabalho. O tal de Lacan falava alguma coisa sobre um espelho enquanto o meu Eu Rico gastava fortunas comprando o que há de melhor em artigos de luxo.

XII

Do outro lado da mesa de reunião, o meu namorado, e chefe, me olhava com uma intimidade inadequada para um ambiente de trabalho; ainda mais considerando que o nosso recém-confirmado compromisso era mantido em segredo em respeito à quarentena imposta pelo bom gosto aos recém-divorciados.

Cansados de tanto rir do episódio do Forte de Copacabana, finalmente começamos a reunião. O assunto em pauta era a avaliação de um romance escrito por uma jovem brasileira, cuja estória se passava — e esse era o ponto em debate — em um ambiente de gente rica; e não na favela onde ela vivia e sobre a qual era esperado que escrevesse.

O livro era curioso; modestamente escrito, pobremente estruturado; descrevia o cotidiano alucinadamente luxuoso dos bilionários da família Whatsapp. Instalados em uma mansão de vinte quartos nos Montes Hills (*sic*), Santa Mônica, Califórnia, os personagens pouco fazem além de gastar dinheiro e discutir as suas relações familiares, trocando acusações e cobrando lealdades, fazendo e desfazendo conchavos, rindo e chorando, numa variação constante de humor; tudo vivido com uma intensidade juvenil. Os membros da família são magoadíssimos uns com os outros, mas ao mesmo tempo se adoram; amam-se apaixonadamente, mas reclamam serem amados ainda mais; atormentam-se o tempo inteiro numa contabilidade afetiva que ninguém sabe quando começou nem quando vai terminar.

Além dos salões, quartos e jardins da casa, o cotidiano dos Whatsapp se passa em lojas de marcas famosas, clubes de golfe, de tênis, de equitação, salões de beleza, spas e consultórios médicos de todas as especialidades possíveis e imagináveis. A inesgotável fonte de riqueza dos negócios da família, que abrange desde a indústria petroquímica até uma cadeia de lojas no varejo, libera a gastança dos Whatsapp de qualquer limite. A filha caçula dispõe de um coral com trinta vozes para lhe embalar o sono com canções de ninar, sem o que ela não consegue vencer a insônia, herdada da família da mãe; a irmã mais velha tem um carro de cada cor para combinar com a roupa do dia e ainda reclama que o pai lhe compre uma universidade onde ela possa se graduar em medicina sem ter que estudar tanto; a matriarca faz-se acompanhar de uma corte de amigas em suas viagens semanais a Paris, Londres ou Tóquio, onde vasculha boutiques à cata das últimas novidades que irão renovar o seu guarda-roupa; o patriarca já comprou duas passagens para a primeira viagem comercial à Lua; a segunda é para o seu personal valet, de quem ele não pode prescindir; e para quem, inclusive, já reservou um pequeno lugar ao fundo de sua tumba congelada, onde haverá de esperar para ser ressuscitado da precária morte que o terá momentaneamente acometido.

O texto sofria evidente influência desses reality shows que infestam a televisão mundial; onde dramas organizados por escritores profissionais são oferecidos ao público como se fossem a vida real. Praga do nosso tempo, conto do vigário eletrônico que engana multidões de incautos voluntários, gente que prefere acreditar no inacreditável a enfrentar a vida como ela é. Não por outra razão, batizaram essa produção de irrealidades com o nome de reality show. Chamar ao Diabo de Deus é prática antiga dos vigaristas.

O pequeno livro da jovem escritora não traria maiores questões se ficasse apenas restrito a descrever as fantasiosas idiossincrasias familiares dos bilionários Whatsapp. No entanto, aos 2/3 da estória, a neurótica Little Janne, a filha caçula, adorada e odiada por todos, ganha de Natal da avó materna uma criança de verdade à guisa de boneca.

De dentro do embrulho luxuoso, vemos surgir uma jovem africana magricela, que fora comprada em um campo de refugiados na Nigéria. A Living Doll já vinha com todas as vacinas tomadas, alfabetizada em inglês e havia recebido tratamento psicológico desde a mais tenra infância para se adequar à função de brinquedo orgânico; que é o que dela se espera em troca de haver sido salva da boca da morte. A felicidade e a surpresa da pequena Whatsapp contagiam a festa natalina; a matriarca da família é incensada pela criatividade do presente, que ela justifica como sendo a única coisa que a neta ainda não tinha. *E é biodegradável! Quando a gente joga fora, não deixa traço de poluição!*

Nas primeiras semanas no novo lar, vemos a boneca viva submetida às funções mais humilhantes nas brincadeiras que Little Janne lhe impõe: que se faça de cavalo, de cachorro, de cama; que corra, que pegue, que limpe; que obedeça, que agradeça, que implore; que não fale, que escute; que se cale; e que seja sempre a melhor amiga da dona, aconteça o que acontecer.

As empregadas da casa tentam sensibilizar a pequena patroa sugerindo que ela deixe a boneca também ter vontades, que divida a brincadeira com a colega, que não abuse da coitada. Mas Little Janne nem compreende bem a preocupação das mexicanas com uma pessoa que não passa de um brinquedo.

A única vez que os pais interferem é para alertar a filha de que brincar de bruxa pode, mas tacar fogo na boneca é proibido. *Desamarre imediatamente a Living Doll dessa fogueira!*, diz a mãe, sem no entanto conseguir esconder o orgulho com a criatividade da sua cria. *Se destruir o presente, a sua avó vai ficar muito triste achando que você não gostou. Por que você não brinca de escravidão, que é divertido e não machuca?*

A passividade da menina nigeriana não tem limites. Ela aceita tudo sem reclamar, sorrindo, e até contribuindo criativamente para as cruéis brincadeiras da patroazinha.

Mas, então, no meio de uma noite gelada, a Living Doll acorda com sangue escorrendo pelas coxas e tudo se modifica. De crônica familiar, a estória deriva para um thriller de horror. A estrutura da subserviência — que dentro da menina havia sido construída por um grupo de psicólogos e pedagogos durante os anos de sua fome — desmorona imediatamente com a chegada da menstruação; resquícios de uma autoestima original reclamam um lugar ao sol na vida da adolescente, agora bem-alimentada. Na escuridão do quarto de brinquedos, onde divide uma quina de parede com um urso de pelúcia gigante, o coração da jovem africana volta a bater no ritmo dos tambores tribais.

Na manhã seguinte, logo à mesa do café, Little Janne ordena à boneca que vomite o que acabou de comer que ela quer brincar de amiga bulímica. Adetoun Babu, é esse o seu nome de batismo, não atende ao comando; e começa a cantar em sua língua natal, e a dançar, sacudindo o corpo num frenesi espasmódico. Assustada, Little Janne ordena que as empregadas desliguem a boneca. Mas ninguém sabe onde se desliga uma pessoa. Adetoun Babu roda, largando os braços e girando a cabeça, os olhos em chamas. *Joga ela fora! Não quero mais essa boneca!*, a criança mimada ordena.

A confusão atrai os outros membros da família, que se horrorizam com aquele espetáculo primitivo. O pai ameaça a boneca de deportação e avisa que, se ela não parar imediatamente com aquele comportamento inadequado, ele processará os traficantes de gente com base nas leis de proteção ao consumidor! Ao ouvir a menção aos seus raptores, Adetoun Babu recebe o espírito dos guerreiros ancestrais do seu povo. O trauma infantil serve as lembranças de uma infância aviltada no banquete da vingança; e a carnificina tem início.

Eu não tenho como reproduzir a violência extrema com que a autora descreve o justiçamento dos Whatsapp; nem ler até o fim eu consegui, tamanha a crueza do relato.

O livro termina com a menina nigeriana brincando de pena capital com a imensa coleção de bonecas de pano, de louça, de plástico que superlotam o quarto da pobre Little Janne, enquanto a patroazinha sangra, empalada em sua varinha de condão iluminada. Rugidos de leão ecoam do fundo da África; e uma sinfonia animal preenche os salões ensanguentados da mansão em Montes Hills.

Nossa pequena assembleia, formada por sociólogos, psicólogos, educadores e até por um neurolinguista, defendia unanimemente a publicação do livro. Apenas o meu namoradinho, com doutorado em literatura popular nórdica, era contra.

Pelo nosso sistema de trabalho, um de nós é sorteado para ler os originais e fazer uma apreciação escrita, sugerindo a publicação ou não da obra em exame. Um segundo membro do grupo, então, lê o texto e, caso concorde com a opinião do relator, a decisão está tomada, seja pela publicação ou não. Mas, em havendo divergência, o assunto é trazido para a assembleia, a quem caberá a decisão final em votação democrática, por maioria simples. A relatoria de *O trágico destino dos Whatsapp* coube ao meu namoradinho e, por puro acaso, a segunda opinião ficou sob a minha responsabilidade. Divergimos.

Em uma longa e profusa argumentação, o ex-publicitário regenerado considerava o texto da jovem uma alienação patológica. A escolha do tema era fruto do fascínio de uma menina pobre por um mundo de riqueza sem fim, para onde ela buscava escapar, fugindo da sua triste realidade. Para além da fragilidade do argumento, também a precariedade do estilo e a imprecisão da narrativa recomendavam a não publicação do texto.

O tiroteio contra ele era bem munido. A fábula da boneca viva era entendida como uma metáfora poderosa das opressões sociais brasileiras. Quem dentre nós não havia brincado com o filho da empregada? Alguns chegavam a comparar a jovem escritora com mestres do surrealismo; outros a filiavam aos modernistas da semana de 22.

A todos que dele discordavam, o meu namoradinho se dizia reiteradamente mal compreendido e, brandindo o seu relatório, insistia com cada oponente: *Por favor, me leia.* E enfatizava o seu pedido com uma expressão de gênio injustiçado.

Além de concordar com tudo o que havia sido dito, eu repudiava veementemente o axioma, que era a base da argumentação do meu namorado e chefe, segundo o qual um escritor, por ter nascido em meio à miséria, só pode ter como tema a própria miséria em que nasceu. Ora, quantos autores haviam escrito romances maravilhosos sobre universos que não eram seus de berço? Mas o meu antagonista insistia em que eu lesse o trecho da sua explanação em que ele cita o famoso estudo de Robert Anderson, "Above all, be yourself". E encarregou-se de ler ele mesmo a citação: "O entendimento entre as pessoas só floresce no pequeno espaço de interseção da experiência comum. O outro absoluto é incompreensível para o ser humano."

Mas eu nem ouvi o que ele disse porque ainda não tinha terminado de dizer o que eu estava dizendo: *E quanto aos sambas clássicos que falam de amor, de filosofias de vida, e não de pobreza?* Mas ele insistia: *Por favor, me leia.* E, recorrendo ao próprio texto repetidamente, citava a si mesmo novamente: *O rap americano achou lugar na terra do samba porque se ocupou do drama social que o ritmo nacional sempre negligenciou.* Convocar o rap em defesa da brasilidade fez a conversa esquentar. *Ao pobre tudo é negado; até mesmo o direito de escrever sobre o que quiser,* decretei. E fui acompanhada em coro pelos outros: *Quem tem obsessão com pobreza é artista de classe média; Uma das utilidades econômicas do pobre é ser matéria-prima para a poesia revolucionária de poetas oriundos da classe dominante; O assunto pobreza é uma reserva de mercado de artistas pequeno-burgueses.* A discussão foi levada para o poço sem fundo das convicções pessoais de cada um.

A discordância só se alargava, mas o meu namoradinho não se abalava. Onde os seus opositores viam força, ele via fragilidade. O livro era um Frankenstein de lugares-comuns, inverossimilhanças, absurdos e ignorâncias. Publicá-lo apenas para afirmar a força criadora que nasce na pobreza seria expor uma menina ingênua ao escárnio público.

O mundo desabou sobre ele. Viu-se contestado com uma contundência tão veemente que só numa discussão entre amigos pode ser admitida. Insensível aos argumentos contrários, o meu namoradinho repetia a cada um que a ele se opunha: *Por favor, me leia.* E sempre terminava a frase freando o olhar sobre mim. E tantas foram as vezes que ele insistiu para ser lido, que a assembleia capitulou e passou à leitura do relatório em voz alta, para que todos o compartilhassem.

Enquanto as palavras da sua tese eram aspergidas na sala, o meu namoradinho me encarava. *Por favor, me leia*; ele me disse sem som, movendo os lábios com vagar. E tudo fez sentido, de repente. A frase, tantas vezes repetida naquela tarde, desceu sobre o campo de e-mail do remetente, encaixando-se perfeitamente por cima do nome que lá já estava: "porfavor.meleia@..." Seria isso? O autor dos e-mails que me chegavam contando a estória da paixão não correspondida de um escritor iletrado por uma leitora contumaz seria o meu namoradinho?

O silêncio durante a minha viagem estaria assim esclarecido. Era bem provável que fosse ele. Em muitas ocasiões eu o havia incentivado a resgatar o sonho de escrever, que o sucesso precoce na publicidade havia sufocado. Não lhe bastava ter retomado os estudos. A pós-graduação em literatura popular nórdica não era o bastante. Um intelectual brilhante, dono de um estilo soberbo, não podia ficar confinado a teses de doutorado! O meu amor devia a si mesmo, ao menos, uma tentativa. Mas ele se dizia um leitor e não um escritor. *Depois que eu tiver lido todos os livros do mundo, quem sabe, escreverei o meu*, ele brincava, desconversando.

Mas bem podia ser que agora ele estivesse escrevendo, *malgré tout*. Se fosse verdade, aquela seria uma declaração de amor avassaladoramente romântica. E eu, cética de tudo que me tornei, não havia percebido. Idiota que fui! A heroína do enigmático senhor "porfavor.meleia@..." tinha o meu nome: Constança! Como eu pude não perceber?!

Senti vibrar no peito a corda da paixão. O meu coração se encheu de alegria. Eu estava lisonjeada.

XIII

Faust, de Johann Wolfgang von Goethe. Do meu amigo, eu não quis mais saber. De vez em quando, ele passava pelo hospício, me chamava para conversar por entre a grade, mas eu dizia que não podia. Será que ele não via que eu estava ocupado varrendo as folhas do gramado? Ele ficava meio triste, mas eu não queria intimidades com quem teve intimidades com Constança. Acho que esse era um direito meu. Um dia me contaram que ele fez prova para a Polícia Federal e foi morar em outra cidade.

Der prozess, de Franz Kafka, *Der steppenwolf*, de Hermann Hesse, *Joseph und seine brüder*, de Thomas Mann... Depois de tentar me ensinar o alemão numas cinco aulas particulares, o seu Velhinho Livreiro me deixou ler a literatura germânica em português. Ele ficou desapontado com a minha inaptidão para o estudo de línguas e, intrigado, quis saber como é que eu tinha aprendido o inglês, o francês, o espanhol e o italiano. Mas se contentou com a resposta nenhuma que eu dei. *Mephisto*, de Klaus Mann... Ele só me pediu que, ao menos, eu decorasse os títulos no original, como tinha feito com os autores russos.

Eu tive que organizar a minha atividade sexual, que estava em franco desenvolvimento. Eu estava envolvido com mais duas colegas de trabalho e mantinha vivo o relacionamento com aquela primeira. Não era namoro. Eu não queria compromisso. Meu coração pertence a Constança! Era só sexo. Mas não dá para manter uma mulher só com sexo; tem que namorar um pouquinho; ou fingir, ao menos. Então eu namorava as três. Ficava escondendo uma da outra e me divertindo imensamente com as mentiras que inventava. Mentir é uma delícia e estimula o bom funcionamento do cérebro!

Mas, um dia — foi triste —, eu cheguei ao trabalho e encontrei a minha primeira namorada vestindo uma camisa de força. Ela havia tido um ataque de loucura, parece, e tentou agredir as minhas outras namoradas. Tudo ficou bem depois que ela foi medicada. Sorte que já estávamos num hospício! Mas o diretor me proibiu de namorar dentro do local de trabalho; com ela ou com outra qualquer. Proibição inútil. Depois de algumas semanas, quando a vigilância abrandou e o assunto foi esquecido, tudo voltou ao normal. Eu jurava para todas que cada uma delas era a única e todo mundo ficava feliz. *Le tigri di Mompracem*, de Emilio Salgari, *Antes de nascer o mundo*, de Mia Couto, *Katz und maus*, de Günter Grass...

Por essa época, eu havia me tornado uma espécie de recreador de alucinados. A vida no Antonin Artaud era muito chatinha; o entretenimento oferecido aos malucos pela instituição era patético; uns jogos sem sentido, umas brincadeiras sem graça, conversas intermináveis sobre o mundo interno dos internos... Os pobrezinhos dos dementes eram forçados a brincar de Escala de Depressão de Beck, de Inventário Multiaxial de Millon, Teste de Personalidade de Fuillon, Antiteste de Tendência Suicida de Bernaisse, Teste das Cores de Anne Lee, e o pior de todos: Teste de Rorschach. Esse é de matar! A pessoa fica olhando para umas radiografias do sistema reprodutor feminino — úteros, ovários, trompas de falópio, essas coisas, com os ossos das ancas por trás — e tem que dizer o que ela está vendo. Ora, só é possível ver o que está ali: uma radiografia do sistema reprodutor feminino! Mas, pela regra inventada pelos médicos, a cobaia tem que dizer coisas variadas. Aí todo mundo inventa que tá vendo disco voador, morcego pisado, prato quebrado... Só para se livrar daquela chatice.

Eu achava aqueles joguinhos uma maldade, e me dava dó ver os desvairados perdendo o tempo precioso da vida com aqueles tormentos.

Aí comecei a propor umas brincadeiras sobre o mundo real. É! Sobre o mundo real!!! Porque só médico de maluco pensa que maluco vive fora da realidade; quando é, justamente, a realidade que enlouquece a pessoa! Viver na irrealidade de uma fantasia não desgoverna ninguém; pelo contrário: organiza. Médico não entende. O maluco é uma pessoa que engoliu o mundo e vive com ele internalizado, como se fosse uma criação sua. A loucura é tomar como seu um problema que é de todos. Cansei de dizer para os doutores! Mas eu não discuto mais com médico Médico é estúpido, acha que sabe tudo.

As brincadeiras que eu trouxe para o hospício foram um sucesso, transformaram o lugar: pega ladrão — a brincadeira do momento! —, exame clínico, sexo grupal, greve geral, negociação salarial, futebol sem bola, piscina sem água, depilação a laser, reality show de hospício, troca de remédio... Essa era a preferida! Os malucos trocavam de remédios e ficava todo mundo doidão.

O pessoal aderia às minhas propostas com o maior entusiasmo! Mas tinha que ser escondido dos enfermeiros porque eles chamavam o nosso divertimento de bagunça. Eles tinham é inveja da nossa alegria, isso sim!

Manual do mundo, de Alfredo Luis Mateus e Iberê Thenório. Um dia eu fui pedir um aumento de salário porque estava trabalhando praticamente como um terapeuta informal, mas o diretor me virou as costas dizendo que eu fazia porque gostava. E era verdade. Mandei ele à merda, mas ele não ouviu. Ainda bem.

The human condition, de Hannah Arendt. Eu já não pensava em Constança o tempo todo, como no começo; mas pensava todos os dias. Era um hábito de amor, e eu dedicava um tempo a ele com a exclusividade merecida; era como uma meditação; até em posição de lótus eu me colocava. Eu imaginava como ela estaria vestida e a rua por onde ela estaria andando, dirigindo com o volante do outro lado... E eu pensava sempre nela falando um inglês bonito na faculdade ou no pub, que agora eu já sabia o que era. Eu não tinha muito mais no que pensar de tão pouco que eu sabia da vida dela, então ficava pensando sempre mais ou menos as mesmas coisas, só variando a cor. Os namorados que ela estaria tendo, era uma coisa dispensável de imaginar, então eu dispensava. *Atemschaukel*, de Herta Müller, *Война и миръ*, de Leon Tolstoi, *Qu'est-ce que la propriété? ou recherche sur le principe du droit et du gouvernement*, de Pierre-Joseph Proudhon...

Eu contava o tempo em anos que Constança estava fora. E esse era o quarto. Pelas minhas contas, no próximo ela estaria de volta. E o meu livro continuava em branco. Na verdade, a página estava ficando cada vez mais branca; o livro, em vez de estar se aproximando, parecia que ele estava se afastando; só me ocorriam umas ideias desnutridas, anêmicas, natimortas. E eu então me drogava! Escalava a estante no encalço dos livros mais pesados; e, enquanto tremia de abstinência, eu ofendia a mim mesmo, me recriminando, me menosprezando, me jogando na cara que eu não passava de um viciado terminal! Dane-se! Eu queria era viajar com o meu Eu Rico para longe do mundo branco do meu bloco de anotações! *The talented Mr. Ripley*, de Patricia Highsmith, *Estação Carandiru*, de Drauzio Varella, *Du contrat social ou principes du droit politique*, de Jean-Jacques Rousseau, *Capão Pecado*, de Ferréz, *A letter concerning toleration*, de John Locke, *Favelost*, de Fausto Fawcett, *L'âge de raison*, de Jean-Paul Sartre, *A escrava Isaura*, de Bernardo Guimarães, *Le Petit Nicolas*, de René Goscinny, ilustrado por Jean-Jacques Sempé... Os meus hábitos de higiene começaram a ficar ameaçados e eu deixei a barba crescer.

Mas um dia, um iluminado dia!, sem razão e sem aviso, a minha sorte mudou. Em Londres fazia sete graus negativos e chovia havia quinze dias. Eu estava jogando botão de madrugada, Zico tinha acabado de fazer um golaço em cima de Veludo, quando uma compreensão, frágil como um córrego, escorregou por entre as pedras da montanha e veio se empoçar sobre a depressão de uma laje, momentos antes de alcançar a cachoeira logo à frente, de onde se precipitaria com destino ao mar. (Eu gosto de escrever com imagens; sinto-me criativo.) Enquanto a água se acumulava na banheira de pedra, eu tive tempo de contemplá-la serenamente; e, através da transparência, enxerguei o que estava no fundo: eu não devia insistir na invenção de uma estória inventada. Não insistir na invenção de uma estória inventada! Não insistir! A compreensão me repetia essa mesma certeza usando outras palavras, dizendo de outros modos, cantando, dançando, recitando, exemplificando. Fui invadido por uma grande calma; e repousei, balançando na rede daquela clarividência: não insistir na invenção de uma estória inventada! Escrever a minha autobiografia, isso sim! Bateram na porta. E, rápido, a compreensão transbordou, desaguando montanha abaixo; mas, antes de sumir, imprimiu a sua marca d'água no meu cérebro.

Era Bia, a neta de escravos que havia me criado. E ela tinha aquela notícia triste para me dar: os meus pais haviam morrido.

XIV

Terminei de ler o e-mail do senhor "porfavor.meleia@..." já deitada na cama, acariciando os cabelos do autor, que dormia incógnito ao meu lado.

Quando chegamos em casa depois da reunião extenuante sobre *O trágico destino dos Whatsapp*, tivemos uma noite de casal apaixonado: cozinhamos, jantamos, rimos, conversamos sobre o futuro e, depois, privacidades. Ele dormiu como um anjo e eu fui correndo abrir o meu computador em busca de mais um capítulo do livro que ele estava escrevendo para dizer que me amava. E me encantei ainda mais com o que li. Às vezes, uma verdadeira vocação esconde-se dentro da pessoa tão no fundo que é preciso alguém ir até lá, desenraizá-la da sua timidez e trazê-la para a luz. Eu espero ter feito essa gentileza pelo meu amor.

Era dia de ele ficar com as filhas do primeiro casamento, mas ele se lamentou que estava muito cansado e querendo ficar comigo. Ainda que eu saiba que é erradíssimo e tenha afirmado que ele deveria ir, não posso negar que não insisti muito; achei que as meninas, no futuro, entenderiam. Eu já me imagino amiga delas, meio mãe, meio irmã mais velha; elas me ajudando na criação dos caçulas... Eu nunca tinha tido sonhos de família grande, mas parece que tinha!

É difícil explicar, mas, de um certo modo, dormir com uma pessoa é mais íntimo do que ir para a cama com ela. Quantas vezes foi melhor voltar para casa depois do sexo do que adormecer na casa do estranho ou mesmo quando era um amigo. Dormir junto demanda uma grande confiança; sexo, nem tanto. Eu pensava nessas humanidades, enquanto a respiração profunda e calma do meu futuro marido, deitado ao meu lado, me enchia de sossego. Sentia-me uma mulher abençoada! Até as bobagens pequeno-burguesas dele, como o Porsche 911 Carrera Turbo recém-comprado, me pareciam uma infantilidade inocente. Quando uma mulher gosta de um homem, ela gosta de tudo! Como é bom amar! Amar é ainda melhor do que ser amada, eu acho!

Anotação posterior:

Depois me envergonhei de ter escrito essas romancices, mas na hora era assim que eu me sentia.

As meninas tiveram que ficar com a mãe aquela noite, mas eu jurava que as recompensaria fazendo o pai delas o homem mais feliz do mundo. Apenas essa noite, eu me permitiria ser egoísta; mas era só essa noite e nunca mais. Eu estava ansiosa por comemorar com ele a verdadeira identidade do senhor "porfavor.meleia@...". Mas os caminhos do amor raramente são diretos. Durante o jantar, todas as vezes que eu fiz referência à frase "por favor, me leia", ele se fazia de desentendido, dando a crer que estava mesmo se referindo ao debate. Achei que ele não queria desmontar a brincadeira antes de ter me enviado o livro completo. A conversa ficou cheia de sinuosidades, eu lançando indiretas com carinho e ele contornando com malícia; dizendo "não" com um jeito de quem diz "sim"; e o suspense ficou no ar.

O sono começava a chegar, mas eu liguei a televisão com medo de que ele fosse embora, como me acontece com frequência; e peguei na gaveta da mesinha de cabeceira um dos livros que eu estava lendo: *A cottage underneath the stars*, de Stephanie Larson; lixo maravilhoso.

Empreendendo uma viagem de autoconhecimento pelo deserto do Atacama, uma nem tão jovem advogada se apaixona loucamente por um misterioso e sedutor astrônomo, engajado no projeto de observação do universo profundo, denominado ALMA — Atacama Large Millimeter Array. Depois de muitas noites de sexo ao ar livre, eles se casam em seis semanas. No dia das bodas, a heroína é apresentada ao irmão gêmeo univitelino do marido, que acabara de retornar de uma viagem à Antártica. Ele é igualmente misterioso e sedutor e astrônomo. Embora os dois sejam praticamente a mesma pessoa, a mocinha da estória consegue a proeza de se apaixonar também pelo outro irmão. Dividida entre dois homens iguais, ela irriga o deserto com lágrimas de dúvida.

Os gêmeos são tão perfeitamente idênticos que ela não consegue encontrar uma mínima diferença entre eles que justifique escolher um e não o outro; e sofre, e faz amor com o primeiro, e faz amor com o segundo, e sofre, e não consegue se decidir!

No último capítulo do livro, ela se descobre um brinquedo erótico nas mãos dos enigmáticos irmãos. Os dois se faziam passar um pelo outro constantemente, e depois compartilhavam em segredo as intimidades que haviam experimentado com a vítima das suas perversidades. Diante da terrível revelação, a brilhante advogada sucumbe aos seus desejos mais obscuros e aceita ser compartilhada pelos dois astrônomos, misteriosos e sedutores.

> Uma mulher pode se sentir atraída por um amor perigoso do mesmo modo que nos fascina a beleza de uma paisagem hostil.

Eu já lia a última frase do livro, os olhos quase fechando, quando uma notícia na televisão me trouxe de volta ao mundo.

Agentes da Polícia Civil, em uma ação para executar mandados de prisão na favela do Morro Torto, haviam descoberto a linha de montagem do que seria uma possível bomba atômica caseira. Junto a todo o equipamento necessário, foram encontrados esquemas para fabricação, manuais de instrução e, o mais perigoso, varetas para armazenamento de pastilhas de urânio enriquecido. No entanto, agentes da Comissão Nacional de Energia Nuclear não encontraram traços da presença de material radioativo no local; as varetas estavam vazias.

Eu me lembrei do livro de um jornalista investigativo, *Hecatombe Acidental* (não me lembro do nome do autor), que denunciava o roubo de umas balas de combustível nuclear que teria ocorrido há mais de cinco anos, mas que nenhuma autoridade jamais havia admitido. Fui pesquisar na internet e encontrei uma quantidade assustadora de vídeos explicando como se constrói uma bomba atômica de baixa potência. Baixa potência é quando mata apenas 10 mil pessoas, isso só no momento da explosão.

Depois dessa notícia aterradora, a programação da televisão seguiu normalmente com a apresentação de uma novela soft-pornô sobre uma garota de programa ninfomaníaca! Pilotei o controle remoto procurando por mais informações. Mas nada encontrei. Nos outros canais, passavam um antigo programa de humor, um filme americano desses de matar gente sem remorso, um programa de entrevista com um artista falando sobre si mesmo, um reality show de culinária, jogos de futebol... E nenhuma palavra sobre a chance de a bomba atômica nacional ser produzida por traficantes de drogas com o conluio de autoridades corruptas!

De repente, num dos canais da TV, soou a vinheta apocalíptica de uma notícia urgente. Morri de véspera, certa de que a bomba tinha explodido acidentalmente na favela mais próxima. No entanto, tratava-se de outra calamidade.

A câmara de vereadores de Paraíso do Norte, uma pequena cidade no interior da Paraíba, com pouco mais de 5 mil habitantes, havia sido incendiada pela população. A revolta, ao que parece, começou após os políticos terem aprovado por unanimidade uma anistia para todos os crimes administrativos — o que incluía corrupção — cometidos por funcionários públicos municipais das duas últimas legislaturas. A justificativa para a generosidade da tal lei seria enfrentar a paralisia econômica do município causada pelo rigor excessivo de incessantes investigações de casos, justamente, de corrupção.

A população, enfurecida, teria incendiado o prédio durante a sessão de votação. Não se sabia ainda se os vereadores teriam conseguido escapar com vida, mas o prefeito foi retirado de dentro da prefeitura e linchado na frente do seu secretariado. A pequena força policial da cidade, composta por quatro soldados e um sargento da Polícia Militar, se bandeou para o lado dos revoltosos; se movida por ideal cívico ou se para salvar a própria pele, ainda está por ser apurado.

A notícia era desconcertante. A atitude dos representantes do povo da pequena cidade era de uma desfaçatez inimaginável; e poderia se revelar um vaticínio. Autoridades de todo o país poderiam vir a se inspirar na invenção esdrúxula dos vereadores de Paraíso do Norte e propor uma anistia nacional! O crime era evidente, mas muitos crimes evidentes logram se legalizar sob o álibi de uma sempre proclamada necessária conciliação nacional.

O telefone tocou, me libertando da solitária revolta em que eu me encontrava. Era minha irmã. Olhei as horas e vi que era um pouco tarde, mas nem tanto. Sobre a briga e o Canadá, nem uma palavra. A nossa conversa girou em torno das primeiras notícias do nosso pai. Eles haviam se falado mais cedo. Ele já estava na cidade de Marraquexe, no Marrocos. Partiria no dia seguinte para Agadir. Parecia feliz. A liberdade é realmente o maior patrimônio do ser humano. *E são tão raros esses dias que temos só para nós*, eu e minha irmã comentávamos. A foto, enviada pelo telefone, mostrava o nosso pai tranquilo, tendo ao fundo o pico nevado do maciço Toubkal, a 4.167 metros de altitude.

A animação da conversa acordou o meu amor. Pedi desculpas, desliguei o telefone e fui me deitar, preferindo poupá-lo das novidades atômicas e do trágico destino do prefeito de Paraíso do Norte. Ele que lesse nos jornais pela manhã. Mas quem perdeu o sono, então, foi ele. Preocupado com as filhas, tenho certeza, embora ele não tenha dito nada. Recostou-se no espaldar da cama, abandonou o olhar sobre as imagens bizarras de um reality show e ficou esperando o sono voltar.

Com ele de sentinela, eu consegui esquecer tudo e adormeci. Às vezes parece que não há sono suficiente para duas pessoas em um único quarto.

XV

Meu pai morreu do mesmo modo que viveu: por acaso, num acidente de carro que levou também minha mãe, culpa de um bêbado que perdeu a direção e os acertou pela frente. Meu pai não foi responsável pela própria morte do mesmo modo que não foi responsável pela própria vida. Tudo lhe aconteceu porque ele nada fez. Foi o que eu respondi para o delegado de polícia quando ele me perguntou se eu saberia de alguma razão para meu pai ter provocado o acidente.

Bia me deu a notícia chorando, mas eu não chorei. Foi estranho. Quando ela me contou que o carro estava destruído e que eles tinham morrido no local, a minha aceitação da notícia foi tão imediata que era como se eu já soubesse. Mas eu não sabia. Apenas não lutei contra o que tinha acontecido e passei a viver como um órfão tão logo me tornei um. *O analista de Bagé*, de Luis Fernando Verissimo, *Gli indifferenti*, de Alberto Moravia...

Coisa chata é tratar da morte dos outros. Que trabalhão! Mas ao menos o velório foi um sucesso. Estava cheio. Filho único, eu era a estrela do evento. Recebi muitos abraços e beijos de gente que eu nem conhecia. Amigo meu, só o seu Velhinho Livreiro, que chorava feito criança entre os dois caixões. Eu nem sabia que ele gostava tanto assim dos meus pais. Fiquei lendo o tempo todo, o máximo que pude. Agarrei-me a um volume enorme de *Mankind and mother Earth*, de Arnold Toynbee, e assisti de camarote ao meu Eu Rico comprar ternos sob medida, voar no seu jato particular e ganhar mais uma vez na loteria.

Mas, de madrugada, quando tudo se acalmou e ficamos só eu e Bia, que logo adormeceu sentada numa cadeira de pau, eu gostei de ter tempo e silêncio para olhar os meus pais mortos um ao lado do outro.

Meu pai fez concurso para professor da rede de ensino pública porque era o que todo mundo fazia. Passou em uma colocação razoável e foi convocado para dar aulas de história no Colégio Pedro II, e aí trabalhou por toda a vida. Casou-se com a minha mãe porque foi ela que atendeu o telefone quando ele ligou para convidar a irmã dela para sair. Pelo menos, era assim que minha mãe contava, fazendo graça com ele. Claro que meu pai negava, mas a atmosfera sempre ficava densa quando a minha tia vinha em casa. Ela e meu pai se davam realmente bem e costumavam se divertir, implicando um com o outro. Duvido que tenham tido um caso, mas acredito que meu pai teria sido mais feliz se tivesse se casado com ela.

Ainda jovem, meu pai publicou o único trabalho relevante da sua inexpressiva carreira acadêmica. Um livro de história do Brasil para estudantes do segundo grau, com o insosso título de *História geral do Brasil*. Embora não trouxesse nenhuma novidade teórica, o trabalho teve grande aceitação e terminou por ser adotado em todo o território nacional, inclusive nas escolas públicas. Em um país com milhões de estudantes, a tiragem do livro foi gigantesca. Com o dinheiro, meu pai comprou uma casa velha no bairro carioca do Grajaú e fez uma reforma de boa qualidade. É a casa que eu herdei e onde moro até hoje.

O meu nascimento foi também um acaso. Ele e minha mãe já não esperavam ter filhos quando ela engravidou porque confundiu o ano no calendário, antecipando em um dia fatal o fim do seu ciclo menstrual.

Eu não tenho ódio dele nem rancor. Tenho piedade e alguma indiferença. Meu pai era uma pessoa medíocre que viveu uma vida sem graça e teve um único filho de quem não gostou. O amor dele por minha mãe era tão fraquinho que ela lhe foi infiel e ele nunca soube. Não queria saber, eu acho. E, caso fosse confrontado com essa verdade, provavelmente a receberia como um golpe do destino; e sairia de casa apenas por pudor social, sem se revoltar. Meu pai era um fraco.

Já minha mãe era uma mulher exuberante. Professora como meu pai, mas de antropologia, fez carreira universitária brilhante. Ela era apaixonada por cinema etnográfico e vivia empolgada com os alunos e as questões acadêmicas. Viajava com frequência, percorrendo festivais e congressos. Nessas ocasiões, ela vivia as suas aventuras extraconjugais, como eu vim a saber depois que eles morreram. *Conselhos a minha filha*, de Nísia Floresta Brasileira Augusta, *O matador*, de Patrícia Melo...

Uma das obrigações dos que ficam é dar destino aos pertences dos que se foram. Foi durante essa tarefa aborrecida que eu encontrei cartas da minha mãe para os amantes dela, guardadas numa caixa de sapatos. Não me choquei nem a julguei. Cada um sabe de si e toda pessoa tem direito a privacidade. Em verdade, senti um pouco de raiva do meu pai. Acredito que minha mãe foi buscar na companhia de outros homens a vibração vital que nele era tão branda. Eu li o mínimo que precisei para compreender do que se tratava. Afinal, não é nada agradável ouvir a voz sussurrada da nossa própria mãe a revelar segredos amorosos e detalhes íntimos. *Quarup*, de Antonio Callado, *Briefe an einen jungen dichter*, de Rainer Maria Rilke, *Avalovara*, de Osman Lins...

Eu sempre soube que a minha mãe não tinha amor pelo meu pai, mas nunca consegui compreender o que a fez permanecer casada com ele. *Galvez, imperador do Acre*, de Márcio Souza... Entre os pertences dela, eu achei uma foto de nós três quando eu tinha uns dois anos. Estamos fazendo um piquenique num jardim público; eu sentado no colo do meu pai, ele olhando para mim, atento a algo que eu tenho nas mãos e não devo levar à boca; minha mãe olha para a câmera com um sorriso bonito como ela tinha mesmo. Num primeiro momento, eu achei a fotografia linda porque o meu pai me olhava com muito carinho e a minha mãe parecia contente, e eu acreditei que era por nós dois; talvez meus pais tivessem tido os seus momentos de felicidade, afinal. Mas no verso da foto havia uma dedicatória de amor assinada pelo fotógrafo. Eu sei que era de amor porque havia um coração trespassado por uma flecha, mas do que estava escrito eu não entendi nada, nem a língua eu sei qual era; as letras pareciam o desenho de uns labirintos, coisa muito diferente do que eu conhecia. Meu pai era mesmo um idiota. *El jardín de senderos que se bifurcan*, de Jorge Luis Borges, *Leviathan*, de Paul Auster, *Hiroshima mon amour*, de Marguerite Duras...

Nem meu pai nem minha mãe foram pessoas fundamentais para mim, como se pôde perceber pela ausência de sofrimento com que eu os olhava mortos. Mas Bia, sim! Eu fui dado a ela em batismo e essa foi a melhor coisa que me aconteceu nessa vida. A minha madrinha era a minha família. Bia foi a primeira pessoa do seu sangue a nascer livre, mas não escapou ao destino de ser empregada doméstica. A mãe de Bia havia servido como escrava na casa de meu avô; fazia de tudo no pequeno hotel que ele mantinha em Campos, cidade com algum movimento econômico no norte do estado. Bia nasceu na casa da nossa família e nunca nos deixou. Ela criou o meu pai e os irmãos dele. Quando ele se casou, Bia lhe foi enviada por minha avó como presente de casamento, para ajudar na casa. A severa matriarca não queria que nada atrapalhasse os estudos do filho promissor, no qual ela depositava as esperanças de ser o primeiro doutor da família de imigrantes portugueses. Quando eu nasci, Bia já era uma senhora de uns 70 anos, mas era ainda uma pessoa vigorosa.

Minha mãe vivia sempre enredada nos interesses profissionais dela, o que incluía um convívio intenso com os alunos e os amigos; meu pai era caseiro, mas não cuidava de criança. Os meus dias e noites foram passados em companhia dessa preta escura, cujo único afazer na vida era cuidar de mim. Bia me deu todos os banhos de que me lembro, cozinhava meus almoços e jantares, me ensinou a ler e a rezar o Pai-Nosso. Bia é a pessoa de quem eu realmente gostava. *Reunião de família*, de Lya Luft, *Boca do inferno*, de Ana Miranda, *Анна Каренина*, de Leon Tolstoi...

Quando meus pais morreram, Bia já estava bem velha; havia perdido um pouco a audição, mas ainda cozinhava minhas refeições e cuidava da minha roupa. Vivemos apenas eu e ela, calados e carinhosos, na casa do Grajaú, pelo tempo que ainda lhe coube. Eu lhe fazia companhia enquanto ela assistia às novelas de televisão; a acompanhava na missa, embora achasse a falação do padre chatíssima; ela me deixava e buscava no trabalho como se eu fosse uma criança. Mas eu gostava. Aprazia-me ficar olhando Bia indo embora através da grade do hospício e ter a certeza de que ela voltaria ao fim da tarde para me resgatar. Bia tinha assunto com todo mundo na rua; ela ia pulando de pequena conversa em pequena conversa durante todo o trajeto e a gente demorava uma eternidade para chegar em casa. Mas eu adorava, como já disse. *Illusions perdues*, de Honoré de Balzac, *O mono gramático*, de Octavio Paz, *A relíquia*, de Eça de Queirós...

Sem os meus pais, a casa ficou mais tranquila, e eu peguei a mania de me deitar no chão do meu quarto, ou da sala, e ficar lendo o título dos livros nas estantes. Um dia eu me dei conta de que os títulos eu conseguia ler antes de a leitura me lançar rumo ao infinito. *A gratidão*, de Camilo Castelo Branco, *Portugal*, de Miguel Torga, *A balada do falso Messias*, de Moacyr Scliar, *O crepúsculo do macho*, de Fernando Gabeira, *Memorial de Maria Moura*, de Rachel de Queiroz, *L'expérience intérieure*, de Georges Bataille... Eu podia passar horas nisso e mais nada.

O sono ficou fraquinho também, nessa época; o que me preocupava, porque eu teria menos tempo para encontrar o sonho que eu estava me devendo sonhar.

Depois de me dar a notícia, Bia fechou a porta do quarto e foi tratar das burocracias da morte. Antes, ela veio e me deu um abraço para me consolar, me chamando de meu menino; porque eu era mesmo o menino dela. Mas eu é que a consolava, me deixando acomodar naquele abraço bom de pessoa honesta que ela era. Quando ela saiu, eu me sentei para escrever o livro para Constança. Ainda não sabia que livro seria, nem como eu o haveria de escrever, mas já não procurava mais por uma estória inventada. A convicção de que seria um livro sobre a minha própria vida permanecia conquistada dentro de mim como se tivesse me alfabetizado.

Um dia, por essa época, eu fui até a livraria Al-Qabu e entreguei uma pasta de couro para o seu Velhinho Livreiro. Ele ficou radiante de alegria, me disse que enfim acontecia uma coisa boa em tempos de tanta tristeza. Mas eu não lembrava mais o que tinha na pasta e tive que comungar com ele aquela alegria fingindo que sabia o motivo. Parecia um feitiço: assim que eu passei a pasta para as mãos dele, a razão de eu ter ido até lá desapareceu completamente da minha consciência. Acho que eu estava desejoso de solidão e queria continuar pensando na minha autobiografia, então não tinha cabeça para mais nada.

Num outro dia, voltando para casa depois do trabalho, eu vi um caminhão de mudança na porta do prédio do meu amigo. O porteiro me contou que os pais dele haviam ido morar no interior de São Paulo e a irmã dele, parece, tinha se casado com um judeu e ido para Israel. Desesperei! Aquele endereço era o meu único contato com Constança nesse mundo. Ela agora estava perdida para sempre; eu nunca mais a encontraria! Eu olhava para o fim da rua, e para a outra esquina, buscando ver se eles ainda estavam por perto. Mas tinham ido embora havia muitos dias. Eu me senti desorientado como um índio tropical no deserto do Saara ou um tuaregue no coração da Amazônia. Não fosse Bia estar comigo, acho que eu nunca mais acharia o caminho de casa.

Sentei-me na poltrona da sala e me disse: *Calma. Tudo há de se acertar. O amor é um cão perdigueiro; haverei de encontrá-la!* Nutrida por esse pensamento, um resto de esperança logrou sobreviver valente como um ramo de mato brotando no concreto, e me manteve vivo até o dia em que tudo se concluiu.

Depois que perdi Constança de vista, eu passei a viver com uma pedra no meu peito; mas a vida não dá trégua para a pessoa se ocupar do sofrimento. Todo dia a gente tem fome e sono; precisa comer e dormir. Assim, carregando aquela angústia tremenda para onde quer que eu fosse, a vida seguiu em frente. *Sygdommen til Døden*, de Søren Kierkegaard, *La maladie de la mort*, de Marguerite Duras, *The man who mistook his wife for a hat and other clinical tales*, de Oliver Sacks, *Memórias póstumas de Brás Cubas*, de Machado de Assis...

XVI

Quando acordei, o meu amor não estava. Havia deixado um bilhete dizendo que tinha saído para levar as filhas à escola. *Fez bem. Não devíamos ter falhado com elas ontem*, eu me dizia, com culpadíssimo altruísmo. Mas, quando mais tarde ele veio com a novidade de que essa noite as meninas iriam dormir na casa dele, o ciúme quase me envenenou. Ainda bem que era dia de samba.

Fui ao samba com um grupo de amigas. Vamos sempre. Eu adoro ir ao samba.

Acréscimo posterior (escrito em um guardanapo durante o samba):

Eu adoro o Brasil e não tenho medo de afirmar! Aos que reclamam das nossas mazelas, eu digo que não as nego, mas o que dizer da força dessa alegria que faz surgir uma festa ao menor pretexto?! No Brasil, a gente comemora estar comemorando não ter nada para comemorar! Exaltação à vida com tanto esplendor não se encontra em nenhum outro lugar do planeta!

Eu falo porque conheço! Nasci rica, viajei! Fui educada como rica, mas minha mãe era neta de comunistas italianos e me ensinou a reconhecer a injustiça social. Hoje eu trabalho junto ao povo, publico livros escritos por pobres para leitores pobres, vivo próxima da pobreza. Não nego nada de ruim, mas prefiro exaltar o melhor que floresce na minha terra! Viva o samba!

O lugar se chama Terreiro das Solteironas. É uma roda comandada por mulheres. Superdivertido. Homem é bem-vindo — quando não é, né? E no nosso samba é tão bem-vindo que só paga meia entrada, igual a mulher em baile funk. Eu toco surdo de segunda, mas é porque gostam de mim. Ritmo não é o meu forte. Sou a típica branca no samba, tolerada porque é gente boa e divertida. Deu para ver que eu já estou escrevendo meio alterada, que o chope aqui é campeão!

Mas a minha alegria e o meu amor pelo Brasil foram colocados à prova, de modo dramático, algumas horas mais tarde.

A noite já ia alta quando aconteceu. O bar fica na esquina da Ladeira dos Tabajaras, que, para quem não sabe, dá acesso a uma favela. Minha irmã não acredita que eu ainda frequento esse tipo de lugar. Eu digo para ela que não tem perigo algum, o ambiente do samba é familiar, e que a má impressão que temos do morro é porque a pobreza é feia mesmo; mas as pessoas não têm culpa de não ter dinheiro para pintar as suas casas. Não se metendo com as questões do tráfico de drogas, a favela é talvez até um lugar mais seguro do que os bairros de gente rica. Minha irmã me chama de louca, diz que eu gosto da adrenalina, que eu me sinto culpada por ter nascido com privilégios... Que o mundo não é mais o lugar simples da minha juventude, onde o bem e o mal eram tão diferentes quanto um hippie e um general. Pode até ser, mas o que eu gosto mesmo é do samba! E do chope, confesso. Mas, primeiro, é do samba! Samba nunca deixa ninguém triste; nem samba-canção! Samba é como o blues, só faz bem a quem ouve. Cartola, Manacéia, Nelson Cavaquinho, Noel Rosa, Adoniran Barbosa, Ataulfo Alves, Ismael Silva, Lamartine Babo, Sinhô, Zé Kéti, Martinho da Vila, Paulinho da Viola...

Cantávamos "Trem das onze" quando um carro zero quilômetro parou na subida do morro e dele desceu uma mulher bem elegante, mas bem elegante mesmo, com colar, brinco e tiara de brilhantes, e maquiada, bolsa de grife, salto fino; vestia um tailleur cor de pêssego. Mas estava descabelada, visivelmente transtornada. Não é o tipo de pessoa que costuma frequentar a região, então todo mundo parou para olhar, até mesmo porque ela já desceu fazendo escândalo: *O que é que vocês querem?! É dinheiro?! É carro? É joia? Está aqui!* Virou a bolsa e espalhou pela rua o que tinha dentro: carteira, cartões, telefone... E dizia que podiam ficar com tudo, só o que ela pedia é que parassem de assaltar o filho dela! Era a quinta vez! E não era pela bicicleta, pelos tênis ou pelos óculos, que isso ela podia comprar de novo. A demanda, raivosamente declarada, se devia ao tapa na cara que o filho tinha levado da última vez em que ele foi assaltado.

A mulher, mãe!, estava possessa e determinada a proteger a cria. Disparou um discurso eloquente sobre a maldade, dizendo que ela não se justifica por razão alguma nesse mundo; que não há abismo social que explique a desumanidade do que tinham feito ao filho dela. A mulher se dirigia ao coletivo que a observava, sem olhar ninguém diretamente nos olhos. Disse que o menino estava deprimido, que não queria mais sair na rua; e perguntava se tinha alguma mãe ouvindo, porque uma mãe entenderia o desespero que ela estava atravessando. Logo um gaiato gritou que ela deveria ir para casa lavar as cuecas do marido em vez de ficar dando vexame; um outro gritou que ia chamar a polícia, que ela estava perturbando a ordem pública. Uma polifonia de deboches foi atirada contra a madame; nessa matéria, brasileiro não tem rival. Mas ela não se intimidava e seguiu na sua bronca, invocando todos os argumentos humanistas do repertório cristão. A multidão não perdoava. *A senhora só tem tempo para estar aqui dando o seu show porque tem uma empregada que está preparando o jantar do seu marido!*, gritou uma voz de mulher. E, seguindo essa linha de argumentos, o morro desceu por cima da intrusa, desabando uma chuva ácida de piadas de cunho social.

A ricaça rebatia com dignidade os insultos, até que uma voz mais encorpada perguntou se o filho dela não era homem para vir se defender sozinho. *Quem foi o covarde que disse isso?*, ela desafiou a multidão, depois de ter sustentado um breve silêncio. E então a aglomeração abriu caminho para um rapaz de uns 25 anos — mas aparentando uns 35. Ele era alto, estava bem vestido para o verão, cheio de ouro e armado até os dentes: granada, pistola e fuzil. Pelo respeito que demonstraram, até quem era turista compreendeu que aquele era o dono do lugar.

Ele veio calmamente até bem perto da mulher e perguntou: *Então, dona, o seu filho não pode se defender sozinho por quê? Ele é cego, é aleijado, é retardado mental ou é veado?* A senhora enfrentou a intimidação com a voz firme e lágrimas descendo pelo rosto. *O meu filho é perfeito, graças a Deus. Ele não pode se defender porque só tem 8 anos de idade.*

Toda a audiência sentiu o tranco da revelação. Os corações mais cruéis fizeram umas piadinhas, risinhos de escárnio pipocaram aqui e ali, mas a comoção era indisfarçável. O bandido endureceu ainda mais o corpo e o espírito já rijos, buscando travar o esboço de compaixão que ameaçava desestabilizar a sua agressividade. *Oito anos e só levou um tapa na cara agora? Então o filho da senhora é um homem de sorte. O meu primeiro tapa, madame, foi quando eu tinha 5. E não foi nem do meu pai nem da minha mãe. Deles eu apanhei depois. Nem foi a polícia; da polícia eu só comecei a apanhar com 12 anos. A primeira pessoa que me deu um tapa na cara foi um homem qualquer na rua. Até hoje eu estou tentando entender a razão. Eu ia passando, ele me chamou, me chamando de negrinho, e perguntou por que é que eu não estava na escola. Eu falei que eu tinha ido, mas o professor tinha faltado. E era verdade, mas ele achou que não era. Aí me pegou pelo braço e me perguntou se eu já estava assaltando gente na rua. Eu jurei que não. Mas nem pensando em assaltar, não está não? Eu fui sincero e falei que pensar a gente sempre pensa, né? Aí ele me acertou um tapa estalado na minha orelha e disse: Da próxima vez que você pensar em fazer besteira, lembra desse tapa. E deu outro, dizendo que o segundo era para eu não esquecer do primeiro. Depois comentou com os amigos, que estavam bebendo cerveja com ele, que, se não educar de pequeno, depois que cresce não tem mais como consertar. Eu nunca esqueci aquele primeiro tapa, nem o segundo. Eu tinha 5 anos, madame, e fui apresentado ao mundo naquele dia. A senhora devia ir para casa e agradecer a Deus que o filho da senhora ainda está vivo.* E, dizendo isso, acariciou o crucifixo que trazia pendurado ao peito, depois o levou aos lábios e o beijou.

O herói do inferno tropical, de Anderson Neto, é o nome do livro que deu à Books for EveryOne o prêmio "Educar para Melhorar" da

Fundação Petroquímicas Kofhann. A cena que o rapaz acabara de contar se encontra, praticamente idêntica, logo na primeira página. Eu me perguntava: *Dar voz a quem sofreu minora as sequelas do sofrimento?* O Anderson Neto não teve a mesma sorte do personagem que ele escreveu; morreu na guerra do tráfico, mesmo apesar de ter o seu livro publicado.

Minhas conjecturas foram interrompidas pelo tocador de pandeiro ao meu lado. Ele comentou que o bandido estava com a razão. Ele também tinha apanhado desde criança: de professor na escola, de colega mais velho na rua, até de médico em hospital. Os padres do reformatório eram bonzinhos: davam só uns cascudos para exorcizar os pecados da molecada. E eu, muito abusada e um pouco bêbada, perguntei se isso tinha feito dele um bandido também. *Bandido não, moça. Eu virei polícia.* E me mostrou a arma e o distintivo escondidos sob a camisa.

Quem é você para me mandar para casa, seu moleque sem educação? A madame não havia se intimidado nem se comovido com a biografia do marginal. *Você pode ser dono do seu morro, mas não manda no meu país! Polícia!* Ela gritou para o alto, como se a ordem pública caísse do céu. *Olha, estão te chamando,* brinquei com o meu colega de batucada. Ele fez graça dizendo que hoje não estava de serviço.

Pensa que eu tenho medo da sua pistola? Imbuída da missão maternal, a rica senhora desautorizava o chefe do tráfico local com uma coragem que só ostenta quem realmente não conhece o perigo. Desafiado a matá-la ali mesmo, na frente de todo mundo, se fosse homem, o ainda jovem chefe do morro deu as costas para o desafio e achou melhor se entocar novamente no alto dos seus domínios; aquela briga era até covardia disputar. Mas, quando se virava para ir embora, repentinamente, como se obedecesse a uma ordem exterior, retornou, agarrou a mulher pelos cabelos, levando-a ao chão. Crescido sobre a vítima ajoelhada, armou o golpe com a mão que lhe sobrava livre. *Polícia!*, dessa vez fui eu que gritei, sobressaltada! Maldito reflexo de gente rica, achar que a polícia sempre virá para nos salvar! O tocador de pandeiro e policial militar recém-saído da academia me olhou com a cara feia e aconselhou: *Colega, não se mete nisso, não.* Mas aquela mulher poderia ser a minha mãe.

Levantei de onde estava e, me acreditando salvaguardada pelo meu comprometimento com a justiça social, me intrometi entre o bandido e a madame, ordenando aos dois o fim daquela ignorância; que ele deixasse ela em paz, que ela fosse para casa. *Em paz eu estava; ela é que veio me perturbar*, disse o bandido, e falou sem ironia alguma. A mão mantinha-se erguida, sustentando a ameaça do golpe. *Nela você não vai bater!*, gritei com valentia de bêbada. *Pode ser que não, mas alguém aqui vai apanhar!* E, quando dei por mim, já tinha acontecido. A mão do garoto havia descido pesada sobre o meu rosto.

Eu nem sei o que aconteceu depois. O tapa me tirou do mundo. A minha cabeça rodava, vozes se sobrepunham numa algaravia ensurdecedora; tudo o que eu via era uma multidão de rostos, em closes muito próximos, e uma dança frenética de pés me rodeando, e o engarrafamento de carros e ônibus ao fundo. Não sei como fui tirada dali, nem o que aconteceu com o bandido nem com a madame. A minha próxima lembrança é de estar sentada em um bar com um saco de gelo apertado contra o supercílio e ouvindo o tocador de pandeiro me dizer, com uma raiva mal dissimulada em amizade: *Eu falei para a colega não se meter. Vocês, privilegiados, sempre querem que a polícia defenda vocês! Mas o salário que vocês pagam é de fome. O bandido paga melhor. A senhora acha que a polícia vai trabalhar para quem? Todo empregado quer servir ao patrão mais generoso; é a lei da vida e o direito da pessoa. E, depois, quem faz a riqueza dos bandidos são vocês mesmos que vêm no morro comprar droga! Vocês e os filhos de vocês. Ou vai dizer para mim que quem sustenta o narcotráfico é o pobre? Droga é artigo de luxo, a senhora sabe. Então, colega, vem no samba, brinca, se diverte, namora, mas não se mete em confusão, não.*

Nisso, a madame encrenqueira de há pouco passou na calçada oposta, sendo escoltada por um pequeno grupo de pessoas iguais a ela. Descia a rua esbravejando que aquele bandido iria ter o que merecia; que ainda existem policiais honestos nesse país... E queria ser levada para a delegacia mais próxima, e mandou chamar um advogado... Outra ilusão de classe dominante é achar que advogado é garantia de justiça.

A reentrada em cena da pivô da confusão deu pretexto para o policial sambista finalizar os conselhos que me dava: *A melhor polícia que tem é gente como eu, que só quero ganhar a minha vida sem fazer mal a ninguém. Os piores, parceira, não têm essa preocupação humanista que eu tenho. O exemplo vem de cima, moça. Prefeito, governador, presidente da República, tudo roubando! Ou a senhora acredita que alguém cheio de poder aceita ganhar um salário que não é nem trinta vezes o salário mínimo?*

Eu ouvia, com interrupções intermitentes de atenção, a lição de moral que o policiazinha metido a sociólogo estava tendo a petulância de me passar, quando tocou o telefone. Era a minha irmã. Afastei-me dele buscando alguma privacidade; e nem dei chance a ela de dizer o que queria: *Corra para o Canadá!* Se eu a surpreendi com o que disse, uma surpresa muito maior ela tinha reservada para mim: *Já estou no aeroporto.*

Uma longa conversa pelo telefone se seguiu enquanto eu ia de táxi para casa. Minha irmã ainda não estava se mudando de vez; a viagem era para procurar uma casa e escola para as crianças. Voltariam em quinze dias; a mudança definitiva deveria ocorrer no meio do ano. Ela quis saber o que tinha acontecido para eu ter mudado de ideia assim, repentinamente. Mas eu não quis contar. Eu não sabia nem ao certo se tinha mudado de ideia, e se razão haveria para que eu mudasse. Driblei a pergunta desejando uma boa viagem e um bom retorno; a gente ia se falando.

Por sorte, o motorista do táxi era um tipo quieto e eu tive alguns momentos de sossego. É uma violência muito grande apanhar de alguém. Quando a mão encontra o rosto, o tapa parece que invade a gente, atravessa a pele, os músculos, os ossos, e sai do outro lado levando um pedaço da nossa alma. Há uma perda de massa espiritual, por assim dizer, e uma parte do sistema nunca mais funcionará perfeitamente. Um tapa na cara rasga a integridade da pessoa.

O abuso paterno na família brasileira, de Katarina do Céu Guerra, *Mulher rica também apanha*, de Mercedes Benz (é esse mesmo o nome;

o pai adorava a marca), *A deseducação pela força*, de Fábio Triste Pudera, *A violência institucionalizada* e *Por uma polícia do povo*, ambos de Hermano Só, *Ultrajes por todo el mondo*, de Castañeda Peña... Eu editei dezenas de estudos e dissertações de mestrado sobre a violência: violência doméstica, violência policial, violência psicológica, violência religiosa... Li os relatos mais cruéis, conheci as vítimas dos piores abusos, chorei de emoção durante os discursos em agradecimento pela publicação dos livros... Eu me considerava uma pessoa que conhecia a realidade, mas, até aquele menino de 25 anos ter me dado um tapa na cara, eu não sabia nada, absolutamente nada, sobre o que é levar um tapa na cara. Chorei tanto dentro do táxi que o motorista perguntou se eu queria que ele me levasse para um hospital.

Sorte que eu já não chorava tanto quando entrei em casa. O meu amor me esperava, de surpresa! *Mas e as suas filhas?*, perguntei, escancarada de felicidade por ele estar ali. Tinham ficado na casa dele com a empregada. Ele não havia aguentado de saudade, e também o ciúme por eu estar no samba, e veio correndo só para me dar um beijo. Eu não iria estragar o momento contando sobre o tapa. E eu sentia vergonha também; como se tivesse feito alguma coisa errada. Ele não se demorou, mas ficou tempo o bastante para mudar o meu estado de espírito. Eu ainda chorei um pouquinho depois que ele foi embora, mas um novo e-mail do senhor "porfavor.meleia@..." alegrou o meu adormecer.

XVII

Todo mundo tem a história da sua vida para contar e essa é a única verdadeira. Uma estória inventada é apenas uma mentira bem contada. E de que serve uma mentira a não ser para nos enganar?

Estes pensamentos sustentavam a minha iluminação do dia anterior, que a morte dos meus pais havia interrompido. *Formação do Brasil contemporâneo*, de Caio Prado Júnior, *Das Kapital*, de Karl Marx, *Die protestantische ethik und der 'geist' des kapitalismus*, de Max Weber...

A vida não acontece com a organização matemática de uma narrativa profissional. A vida é imprecisa, ineficiente, dispersa, cheia de vazios e acontecimentos inúteis. Além disso, a vida é escrita por todas as pessoas ao mesmo tempo; não há um narrador onisciente. Já nas estórias inventadas, um único criador decide tudo. E a que critérios um escritor deverá obedecer? Critério algum! É tudo inventado! Até a coerência da estória, ele pode determinar. Um personagem tanto pode dizer "sim" como dizer "não"; morrer ou sobreviver, amar ou odiar. À invenção, tudo é permitido. *Dicionário do folclore brasileiro*, de Luís da Câmara Cascudo, *Change and habit: the challenge of our time*, de Arnold Toynbee, *Il Principe*, de Niccolò Machiavelli...

Na vida, a pessoa não tem o controle absoluto sobre tudo o que lhe acontece. Cada um de nós é o personagem central e o narrador da sua própria história, sem dúvida; mas as outras pessoas também o são das histórias delas! A vida é, portanto, o resultado do encontro das vontades.

Todos estão escrevendo, por assim dizer, o que dizem; e criando, por assim dizer, o que fazem. A vida é um barco navegando no mar: ela sofre a ação do meio que a sustenta; é empurrada pelas ondas, pelas correntes e pela maré; que por sua vez devem obediência ao vento, à rotação do planeta e à Lua. Para manter o barco na direção desejada, o timoneiro deve compensar no leme os movimentos do oceano. *A little history of the world*, de E. H. Gombrich, *Raízes do Brasil*, de Sérgio Buarque de Holanda, *A room of one's own*, de Virginia Woolf...

A vida é caótica e imprevisível; a literatura é ordenada e subordinada ao interesse do seu criador. Daí os truques dos escritores: os fatos escondidos, as surpresas impensáveis, as induções ao erro, as reviravoltas da trama... *Igreja: carisma e poder*, de Leonardo Boff...

Fui tomado por uma grande revolta. A soberba da criação ficcional tornou-se evidente e insuportável para mim. A habilidade dos escritores em dar aparência de coisa acontecida a uma estória inventada revelou-se uma desonestidade imperdoável. Desprezei toda invenção. *L'isola del giorno prima*, de Umberto Eco, *Also sprach Zarathustra: ein buch für alle und keinen*, de Friedrich Nietzsche...

Eu passava os dias, as semanas, os meses com os olhos vidrados no céu, ou no nada; correndo por dentro das mesmas ideias no percurso infindável de um pensamento circular; que só o que fazia era confirmar-se a si mesmo; se refundando, se redundando, se vangloriando de sua certeza inequívoca! Eu era o dono da verdade! *Sein und zeit*, de Martin Heidegger, *Come si fa una tesi di laurea*, de Umberto Eco, *A brief history of time: from the Big Bang to black holes*, de Stephen Hawking...

Até no trabalho, eu passei a ficar quieto, fixado no meu raciocínio hipnótico. Esqueci do sexo e até de tomar banho. Por essa época também, o hospício estava um lugar muito louco. Os malucos não se entendiam e as menores questões terminavam em briga. Eu falava para os médicos: *Você trata um adulto como criança e ele fica maluco porque um maluco é uma criança que nunca se adulterou.* Eu comecei também a inventar palavras. Todo mundo falava o que queria; por que eu seria obrigado a dizer apenas o que já está predito pelas palavras que existem? Customizei o meu vocabulário! *Ulysses*, de James Joyce, *O brasileiro perplexo*, de Rachel de Queiroz, *Viaggio nella irrealitá quotidiana*, de Umberto Eco...

O Brasil tinha entrado em uma grande convulsão social com o surgimento de várias denúncias de casos de corrupção envolvendo todas as forças políticas do país, espalhados por toda a administração pública; respingando até no Judiciário. Parece que não, mas os malucos ficam muito intranquilos quando o mundo à sua volta se desestabiliza. Eles são tal qual os animais na floresta: pressentem o perigo de longe e querem fugir antes que a destruição os alcance. *Pedagogia do oprimido*, de Paulo Freire... Os meus malucos estavam assim, inquietos. Deu muito trabalho acalmá-los com as minhas brincadeiras; e eu também não estava no meu melhor.

Criei um jogo de tabuleiro chamado A Jogada do Destino. Objetivo: enriquecer. Ganha o jogador que for o mais rico ao fim de cem rodadas. Regras: o jogador rola os dados e sofre as consequências da casa onde parar. Existem três tipos de casa: casa dos políticos, dos empresários e do cidadão comum. Todos os serviços são fornecidos pela banca, que é a dona de todas as empresas. Mas os jogadores podem comprá-las se caírem na casa do leilão. Existem dois tipos de jogadores: pobres e ricos. Cada jogador escolhe uma carta, sem ver. Carta azul: o jogador é um cidadão rico. Existem três categorias: rico simples, patrimônio de 1 milhão de dinheiros; muito rico, 100 milhões de dinheiros; e riquíssimo, 1 bilhão de dinheiros. Carta vermelha: você é um cidadão pobre. Existem também três categorias: pobre simples, patrimônio com 100 dinheiros; muito pobre, 10 dinheiros; e paupérrimo, 1 dinheiro. Todos os jogadores começam na casa do nascimento e, logo de saída, já pagam 1.000 dinheiros por terem nascido. Se você for um cidadão pobre, tem que fazer um empréstimo na banca, o que significa que você já nasce devendo.

Eu desenhei um tabuleiro no chão do salão de televisão, e eu e os malucos fomos inventando o que aconteceria em cada uma das casas. Na casa dos políticos: você é prefeito e a sua cidade vai sediar as Olimpíadas: você ganha 100 milhões; eleito presidente da Câmara: ganha

150 milhões; eleito presidente da República: seus filhos ganham 200 milhões; eleito vice-presidente: espera quatro jogadas; ou, então, eleito vice-presidente: dá um golpe parlamentar e assume a Presidência, ganha 50 milhões. Acabou o seu mandato, virou ex-presidente: funda um instituto com o seu nome e ganha 70 milhões.

E na casa dos empresários: você é dono de uma rede de televisão: ganha 500 milhões; você é dono de uma construtora: ganha 800 milhões, mas paga 100 milhões de propina. Você é empresário do setor metalúrgico: é preso por fraude fiscal, mas responde em liberdade; e assim por diante.

A casa do cidadão comum: paga 10, ou 100, ou 1.000. Cidadão comum só paga.

As sugestões pulavam que nem trutas subindo o rio para procriar. Deputado denunciado por corrupção: foro privilegiado, continua jogando; casa do prostíbulo: paga 100 dinheiros; casa do carro importado: paga 70 dinheiros; casa da mansão no lago: paga 300 dinheiros; casa da amante fixa: paga 15% do que tem; casa do divórcio: perde 50% do que tem; você operou e virou mulher: ganha só metade do valor de qualquer casa; você voltou a ser homem: ganha de volta o que tinha perdido; você é mulher e sofre assédio sexual: perde o emprego porque denunciou e paga 100 dinheiros aos advogados e nunca mais trabalha, desgraçada! Você é um político honesto: perdeu, está fora do jogo. Você é um cidadão honesto: paga 50% de imposto sobre tudo o que tem. Você é um cidadão honesto, mas não é otário: paga 25% de imposto sobre o que tem. Você é um cidadão desonesto, mas é pobre: vai preso por cinco jogadas. Você é um cidadão desonesto, mas é rico: continua jogando. Você faz trabalhos manuais: fica só com 1% do que tem. Você é europeu e descobriu as Américas: ganha 500 milhões durante quinhentas jogadas.

Quem administra o jogo é a banca; e a banca nunca perde. Foi uma tarde que fez história na Casa de Saúde Mental Antonin Artaud. Divertimento do melhor!

Bia entrou no quarto, um dia, e perguntou se eu já estava pronto. Mas eu não sabia que nós íamos sair. Era a missa de um ano da morte dos meus pais. Caramba! Um ano havia se passado e eu nem tinha percebido. Fui com Bia só para fazer companhia. Fiquei lendo o salmo da missa e deixei o meu Eu Rico voar sobre o mundo enquanto o padre homenageava os mortos sem saber da missa a metade. *Chronicles: volume one*, de Bob Dylan, *Os Seres*, de Thiers Martins Moreira, *Los autonautas de la cosmopista*, de Julio Cortázar...

Só a autobiografia é uma obra honesta! O que nos fica de uma estória inventada? Nada. Uma sensação, talvez; mas que se confunde com muitas outras, e tudo se contamina de impurezas até perder a distinção. Toda invenção desaparece da memória porque a coerência da obra de ficção é forjada arbitrariamente no absurdo, enquanto toda vida é exemplar porque é uma verdade vivenciada. A fome que passou, os sonhos que teve e o amor que sofreu de fato passou, teve e sofreu. Toda vida é uma boa estória porque é história. *Não verás país nenhum*, de Ignácio de Loyola Brandão, Οδύσσεια, de Homero, *A ilha*, de Fernando Morais...

Mas de pouco me valiam as minhas certezas. Ao me sentar para escrever a minha própria história, um vazio oceânico me inundava. Eu me perguntava pela minha vida e não encontrava nada. Ela estava lá, diante de mim, mas fora do meu alcance; como se tivesse a propriedade física de desaparecer quando alcançada pelo meu olhar; ou como uma coisa qualquer que cai por uma fresta e não conseguimos mais recuperar porque a nossa mão não cabe na passagem. Ou ainda: como aquele sonho que eu me sinto obrigado a sonhar e nunca acho.

Constança já devia estar de volta ao Brasil fazia tempo, e eu, além de não fazer a menor ideia de onde ela morava, não tinha o livro com o qual a conquistaria! Chorei algumas vezes de desespero. Cheguei a escrever um monte de palavras direto sobre a parede. Eu ficava olhando para elas, esperando para ver qual se dignaria a ser a primeira do meu relato, mas nenhuma se atrevia. Palavras são gregárias, mas são tímidas também. Faltava-me uma palavra líder; aquela que guiaria todas as outras para o papel como uma imigração africana de gnus. *Psychologische typen*, de Carl Gustav Jung, *One flew over the cuckoo's nest*, de Ken Kesey...

No dia seguinte ao da missa de um ano pela memória dos meus pais, Bia morreu sem me avisar, dormindo. Não disse adeus nem fez drama. Deixou um vazio na minha vida que jamais se preencheu. Nos primeiros meses, eu continuei indo à missa como que para acompanhá-la caso o seu espírito ainda tivesse algum assunto a tratar nesse mundo material. Mas depois achei tudo isso uma bobagem e deixei Bia em paz.

A minha madrinha não deu trabalho nem na morte. *A arte maior na poesia dramática de Gil Vicente*, de Thiers Martins Moreira. Quando ela não apareceu para me acordar de manhã, eu fui até o seu quarto. Ela já estava vestida para o enterro, deitada na cama, com as mãos postas sobre o peito, segurando um terço de madeira e madrepérola que era da afeição dela. Acho que Bia percebeu que ia morrer e se arrumou. Ela não queria mesmo dar trabalho nenhum!

Tinha um bilhete para mim na mesa de cabeceira, onde dizia que eu deveria ligar para o número que estava indicado e avisar que era da parte da Bia. As pessoas lá saberiam o que fazer. Dizia também para eu sempre rezar o Pai-Nosso, perdoar os meus pais, e que havia dinheiro numa caixa dentro da última gaveta da cômoda. E tinha mesmo; muito dinheiro, todo arrumado como se saído da fábrica. Era tanto dinheiro que eu acho que Bia nunca gastou nem um centavo do salário que ganhou.

Eu telefonei para o lugar que ela mandou e, de fato, eles vieram e levaram Bia embora. Eu não fui ao enterro. Acho que não foi ninguém. Eu estava triste demais para sair de casa. Mas também não aguentei ficar sozinho e fui adivinha aonde? À livraria Al-Qabu me encontrar com o seu Velhinho Livreiro!

Sabendo que eu estava muito triste, ele me recebeu com muito amor e simpatia. Disse que estava quase pronto, mas eu não entendi do que é que ele estava falando. Deixei para lá. Velho é assim mesmo, fala umas coisas que não são nada. Depois ele começou com uma conversa, dizendo que estava preocupado comigo; quis saber como é que eu iria viver, agora sozinho. *Sozinho eu sempre vivi*, eu respondi, mas não gostei de ter dito; pareceu autopiedade e eu não queria que o meu amigo ficasse com pena de mim, que é disso que eu fujo desde sempre. Mas ele se consternou. Fez questão de me afirmar que a livraria Al-Qabu Edições Brasileiras era a minha casa, que as portas nunca se fechariam para mim, que eu tinha ali um amigo para todas as ocasiões. Eu fiquei tocado, mas não gosto mesmo de conversa comovente. Meneei a cabeça, negando que houvesse razão para preocupação.

Ele então falou que tinha algo especial para mim, mas que era outra coisa, e não aquela que estava quase pronta. Algo que iria me ajudar a atravessar os dias de luto, esses de agora e todos os demais que a vida nos reserva. *Poesia*, ele falou escandindo as sílabas, dando, desse modo, grande nobreza à palavra; e me indicou uma estante enorme a um canto da livraria. *Leia tudo, mas um pouco de cada vez, que poesia é leitura muito forte.* E então pegou um livro na estante com todo o cuidado, como quem retira o combustível radioativo de uma bomba atômica, e me entregou uma primeira edição de *Morte e vida severina*, de João Cabral de Melo Neto. *Comece por esse aqui, se me permite uma sugestão.* E sorriu, me olhando fixo nos olhos, satisfeito porque sabia que estava me fazendo um bem enorme. E estava mesmo; não o que ele imaginava, mas outro.

Delirar deslizando os olhos sobre livros de poesia levou o meu Eu Rico por viagens de uma intensidade nunca antes experimentada. *Invenção de Orfeu*, de Jorge de Lima, *Os Lusíadas*, de Luís de Camões, *O guardador de rebanhos*, de Alberto Caeiro, *Mensagem*, de Fernando Pessoa, *Dois excertos de odes*, de Álvaro de Campos, *O livro das ignorãças*, de Manoel de Barros, *Bagagem*, de Adélia Prado... Depois de ler poesia, eu nunca mais quis ler outra coisa. *Guardar*, de Antonio Cicero, *A teus pés*, de Ana Cristina Cesar, *O sentimento dum ocidental*, de Cesário Verde, *O livro de Cesário Verde*, de Cesário Verde, *Obras completas*, de Vinicius de Moraes, de Manuel Bandeira, de Carlos Drummond de Andrade, de Murilo Mendes, de Castro Alves, de Augusto dos Anjos, de Gregório de Matos... *Auto do frade*, de João Cabral de Melo Neto, *O choro de África*, de Agostinho Neto, *A educação pela pedra*, de João Cabral de Melo Neto, *Sonetos*, de Florbela Espanca, *O outro*, de Mário de Sá-Carneiro, *Canto da noite*, de Augusto Frederico Schmidt, *Raro mar*, de Armando Freitas Filho, *Meu livro de cordel*, de Cora Coralina, e tantos mais, tantos outros! Sobretudo *Galáxias*, de Haroldo de Campos! Esse livro produziu a viagem mais alucinante da minha vida; é o único livro que eu li sem ler e reli não lendo diversas vezes.

O seu Velhinho Livreiro sorria de autêntica felicidade cada vez que eu entrava na Al-Qabu Edições Brasileiras e corria direto para a estante dos poetas. E toda vez ele me dizia: *Está quase pronto*, e eu comecei a achar que ele estava esclerosando.

Quando você se cansar de ler em português, passa aqui porque eu quero te presentear com uma edição de Illuminations, *de Arthur Rimbaud e tem também* Duineser Elegien, *de Rainer Maria Rilke. Mas vem com tempo!*

XVIII

Acordei no meio da madrugada, sentindo forte o tapa ardendo no rosto. Mas nem dei chance à angústia: liguei a televisão. "Quando se perde o sono / É melhor deixar pra lá / E esperar um sono novo / Que mais tarde chegará / Pois o sono que perdemos / Perdido para sempre está", sabedoria de literatura de cordel, que me veio à cabeça.

Na TV, passava o reality show. Coisa mais absurda! As câmeras mostravam os participantes da falsa realidade dormindo, dormindo de verdade. E eu reclamava sozinha: *Grande programa para quem perde o sono ficar assistindo ao sono bem dormido dos outros! E que prazer pode haver nessa contemplação de coisa nenhuma?! O acontecimento mais emocionante da noite é alguém se virar na cama ou levantar para ir ao banheiro. Audiência deve ter, porque, se não tivesse, não estava no ar.*

Depois, reparando bem, eu percebi que os enquadramentos mostravam sempre a marca de algum produto. Havia uma publicidade sonâmbula faturando alto em cima da insônia alheia! E continuei praguejando em voz alta: *Que solidão tão imensa pode existir que se sinta preenchida pela companhia eletrônica de um bando de gente dormindo?*

Talvez a audiência fique fisgada pela remota chance de alguém acordar, e um outro alguém acordar também, e os dois serem assaltados por uma atração sexual noturna, repentina e incontrolável; e, com alguma sorte, o telespectador poderá assistir a uma sombra fazendo amor com outra sombra; e essa vaga visão do ato sexual será mais excitante do que o filme erótico mais explícito porque será vendida como um acontecimento real! É duro aceitar que alguém acredite.

Peguei um dos meus livros de amor e deixei a televisão ligada, com a imagem pulando, em um ritmo preciso, de uma câmera para outra, como um sistema de segurança. *Love is my name, pain is my nickname.* Esse era um dos piores e era um dos que eu mais gostava!

A estória, tão simplesinha!, logo foi me levando para o mundo encantado dos amores difíceis, as tensões do meu dia começaram a se distender, os olhos pesando; mas, quando eu ameaçava cair no sono, algo interrompeu o caminho, como se a rua do adormecer fosse, surpreendentemente, contramão. Mas a inquietação não revelou o seu nome. Retomei a leitura e o ciclo de relaxamento se reiniciou. Mas, novamente, bem à beira do descanso, o mesmo sobressalto indistinto me roubou o sossego. O transtorno repetiu-se algumas vezes, até que eu desisti. Larguei o livro e esperei a minha intranquilidade sair do anonimato. Obviamente, a brutalidade do que se passara no samba exigia a atenção merecida. Parei de fugir, sentei-me na cama e escutei o que ela tinha a me dizer. A lembrança logo imediata à agressão, que se encontrava desbotada pela amnésia pós-traumática, começou então a restaurar-se e o afresco com a cena terrível emergiu na superfície da mente:

O tapa me levou ao chão. A dor me cegou, por um momento. Nenhum dos presentes interferiu. O álcool sumiu do meu organismo. O dono do morro se agachou ao meu lado e, com uma crueldade que não lhe custava muito exercitar, perguntou se eu queria subir com ele para dentro dos seus domínios e conhecer o verdadeiro amor bandido. E me segurou pelo rosto, perto a ponto de me beijar. E ninguém fez nada; não tinham como fazer. Ele disse que eu não precisava ter medo; que ele só era ruim com quem merecia; e que o problema do Brasil não é o crime cometido por pessoas como ele, crimes previstos na lei. *O problema do Brasil é o crime legalizado dos milionários que enriquecem à custa da exploração do trabalho dos outros! E esse crime é prática corrente na nossa terra há mais de quinhentos anos. A escravidão — vender e comprar gente! — era uma atividade legal não faz muito tempo. O meu bisavô talvez tenha sido escravo do seu.* E, satisfeito com a oportunidade de cobrar de mim o passivo social brasileiro, fez um carinho no meu rosto e foi embora; mas antes fez questão de me alertar: *Se manda do Brasil se tiver como, moça. Uma coisa muito grande vai acontecer. Brevemente. Amém.*

Eu ainda dava os retoques na recuperação daquela memória macabra quando um vulto entrou na sala da casa do reality show, onde antes não havia ninguém. A emissão sempre exibia o cômodo vazio; talvez para mostrar que o vazio é mais interessante do que gente dormindo. O vulto cruzou novamente a imagem. Eu não tive certeza, mas me pareceu que ele carregava alguma coisa na mão que poderia ser uma arma. Mas não podia ser! A imagem pulou para os quartos onde nada, nada!, acontecia; nem um ronco se ouvia.

Fui buscar um copo de vinho e o computador na esperança de encontrar mais um e-mail do senhor "porfavor.meleia@...". Quem sabe o próximo capítulo da estória, que ele sadicamente me enviava a conta-gotas, não acalmaria a minha noite? Mas não havia me chegado e-mail algum. Eu estava começando a ficar impaciente, ansiava por conhecer o final daquele romance. Será que o livro seria como esses que eu tanto gosto de ler? O amor triunfaria no fim, a despeito de toda a probabilidade em contrário? Ou seria um desses livros de seco realismo psicológico, com uma conclusão sutil, quase impossível de compreender, ou passível de muitas compreensões? A alma de um escritor só se revela no fim da estória. Qual seria a verdade que as escolhas do meu amor revelariam sobre ele? Eu teria que esperar para saber. Mas quem disse que eu consegui esperar? Antes que pudesse conter o impulso, enviei um e-mail ao misterioso senhor "porfavor.meleia@...":

> Caro senhor,
>
> Tenho lido o seu livro com grande interesse. A Books for EveryOne terá grande prazer em dar início às tratativas visando a publicação. O senhor já tem alguma ideia para o título? O que acha de nos encontrarmos pessoalmente para uma primeira conversa?
>
> Cordialmente,
>
> Constança — Editora-chefe

A sorte estava lançada. E tão bem lançada que a resposta chegou imediatamente, como se já estivesse redigida, à espera de ser perguntada. O meu amor também tinha insônias! Acertei o encontro para o dia seguinte no endereço que ele forneceu. Estranhei que fosse do outro lado da cidade, longe dos lugares que costumamos frequentar. O meu amor devia estar me preparando alguma surpresa! O que seria? Desesperei de afobação! O dia de amanhã me pareceu longe como uma eternidade; e eu me lembrei de uma véspera de Natal, de uns últimos dias de escola, de umas disputas de pênalti... E comecei a quicar pelo apartamento, excitada com a antecipação do desconhecido. Pedi que o senhor "porfavor.meleia@..." me enviasse os capítulos finais do livro para que eu pudesse ler antes do nosso encontro, mas ele disse que não poderia fazê-lo pois o desenlace ainda estava em aberto. Ainda mais essa! Meu coração palpitava como o de uma virgem!

Voltei ao livro romântico em busca de alívio daquelas novas ansiedades, mas o vulto com uma arma na mão — agora não havia dúvida, pude ver claramente que era uma arma! — surgiu novamente na televisão. Ele entrava e saía dos quartos, como se estivesse procurando alguém.

A solidão faz a gente desconfiar de si mesma. Não era possível que houvesse um homem armado dentro da casa do reality show! Devia ser uma coisa combinada! Aumentei o volume da televisão, em todo caso; e descobri que eles sonorizavam a quietude da noite com uma sinfonia de rouxinóis eletrônicos. Que mau gosto! Mas, fosse verdade ou mentira, o vulto armado capturou a minha atenção. Para o deleite dos anunciantes, eu seria mais uma consumidora querendo saber quem era o intruso. Hipóteses fantasiosas subiram pelas minhas costas como ervas daninhas. Seria o namorado ciumento de uma das competidoras? Ou um estuprador exibicionista? Ou seria um terrorista que detonaria a bomba atômica doméstica brasileira em cadeia nacional? A construção da paranoia havia iniciado os seus trabalhos.

Que verdade haveria na ameaça em forma de conselho que o dono do morro havia me feito? Minha cabeça mudava de assunto sem pedir a minha autorização. Haveria algo se passando por trás da normalidade aparente? Algo de que o cidadão comum não tinha o menor conhecimento? Enquanto eu vigiava o vulto no reality show, os meus pensamentos foram ficando soturnos e eu só conseguia pensar no pior do pior das coisas ruins que podem acontecer. Haveria um plano organizado por um suposto chefe supremo da bandidagem nacional que daria um golpe de Estado? Seria o vulto vagando pela casa parte desse plano maquiavélico? Eu me fazia essas perguntas ingênuas, mas com uma angústia sincera. O sofrimento é sempre real para quem o sofre. De repente, tive um ataque de pânico! Eu me senti ameaçada por um perigo indistinto e iminente. Será que havia uma catástrofe pendurada sobre o Brasil e o nosso sistema de defesa... Ou, melhor dizendo: o sistema de defesa da burguesia nacional não tinha sido capaz de detectar?

Levantei-me para encher outro copo de vinho, mas uma correria em um dos quartos do reality show me paralisou diante da TV. E os tiros se fizeram ouvir; nítidos como se ocorressem na casa em frente. — A televisão não deixa de ser um vizinho, se pensarmos bem. — Mas a imagem na tela não mostrava o crime. A emissão pulava de uma câmera para outra, e a cena capital parecia estar acontecendo sempre fora do ar. De repente, me assustei com o meu próprio grito de horror: o vulto descarregava a arma no corpo de uma mulher já caída no chão. Ao fim dos seis tiros, se dirigiu para o espelho, onde certamente sabia haver uma câmera, e disse, em close fechado para toda a audiência: *É o fim. Amém.* E foi recarregar a arma. O programa saiu do ar. Preto na tela. Não apareceu nem a logomarca do canal. Desde criança, eu sempre tive certeza de que a tela escura da televisão era o prenúncio do apocalipse. Fiquei esperando a explosão atômica, mas ela não veio. *Ainda*, pensei, com medo de perder o medo e me entregar ao alívio.

Não era possível! Eu tinha testemunhado um assassinato de verdade em um programa onde tudo é de mentira! A decisão de publicar *O trágico destino dos Whatsapp* irrompeu por entre o tumulto dos meus pensamentos como se fosse a solução para todos os problemas do mundo.

Procurei alguma notícia em outros canais. Nada. Procurei na internet. Nada. A página dos sites não se alterava. Nas redes sociais, todas elas, não encontrei nem uma palavra sobre o assassinato no reality show. Seria uma encenação? Um golpe baixo para alcançar ainda maior audiência? Tive outro ataque de pânico! Eu queria falar com o meu pai! Era patético! Uma mulher adulta, de 35 anos de idade, querendo o colo do pai porque estava com medo de um programa de televisão! Lembrei que o meu namorado também estava insone e decidi ligar para ele. Mas, antes que eu terminasse de digitar o número, tocou a vinheta de alerta; alguma notícia urgente seria comunicada. Finalmente, diriam alguma coisa sobre o massacre no reality show. Mas, assim que o locutor apareceu com aquele ar grave e soturno, faltou luz. Tudo ficou às escuras. Corri para a janela. Até onde eu podia ver, a falta era na cidade toda. Verifiquei o celular. Não havia um traço de sinal.

Sentei-me no sofá da sala e fiquei esperando o clarão da explosão atômica, convicta de que agora ele viria; mas ele não veio. Mesmo assim, eu acendi uma vela; e, já que a vela estava acesa, rezei para Nossa Senhora, a mãe de todas as materialistas arrependidas. E fiquei o resto da noite acordada porque eu não queria morrer dormindo.

XIX

Der Antichrist, de Friedrich Nietzsche... Acordei vestido, deitado no chão. Tive a impressão de ter sido despertado por meu pai, que estava agachado ao meu lado. (Não é coisa que ele fizesse com frequência, entrar no meu quarto; era o que eu achava, porque depois vim a saber, pelo seu Velhinho, que meu pai sempre velou pelo meu sono, cuidava de fechar as cortinas e se certificar de que eu estava bem coberto.) Meu pai me olhava com uma tristeza incomum para um homem tão apático. Ele fez um carinho no meu coração, quase me matando de constrangimento, e sussurrou baixíssimo: *Lamento, meu filho.* Achei que ele estava triste por mim, mas depois lembrei do acidente de carro; o que os meus olhos viam era um fantasma; aquela tristeza era desolação natural de morto, que é sempre mais acentuada quando a morte é repentina; não tinha nada a ver comigo. Ao menos, foi o que eu pensei.

A primeira coisa que fiz depois que meu pai desapareceu do quarto foi escovar os dentes, porque adormeci desapercebido; sem cuidar, portanto, dos asseios pessoais. O que teria se passado que permitiu ao sono me nocautear, em lugar de vencer a vigília por pontos, como tem sido a tradição desde que Bia me deixou e a casa ficou vazia? *Invisible*, de Paul Auster... A resposta estava sobre a minha escrivaninha. O meu caderno já não estava em branco! Palavras, como uma vegetação rasteira, haviam brotado no papel. Mas eu não me lembrava de ter escrito uma linha sequer. A noite havia sido como todas as outras: a minha vida diante de mim, mas impossível de ser alcançada, como uma imagem no espelho.

No entanto, havia uma página repleta de palavras sobre a mesa; e a letra era mal desenhada como sempre foi a minha caligrafia. A folha estava toda riscada por umas dobras, como umas veias esbranquiçadas; provavelmente, eu — ou alguém — a tinha amassado e depois tentou desdobrá-la novamente. *Aqui ninguém vive, só posso ter sido eu que escrevi*, eu me dizia, por ser óbvio. E, ansioso para ir ao encontro do meu destino, devorei o texto que me desafiava.

Pai, preciso te dizer:

É difícil saber se realmente aconteceu. Talvez seja assim para toda pessoa que esteve demasiadamente próxima do impensável. Não é a memória que nos trai. O fato, ele mesmo quando acontece, não é evidente. O gesto do outro é sutil, incompleto, guarda alguma indefinição, não se realiza plenamente, não se impõe... O desejo sexual vem sempre acompanhado do seu pudor, como a fruta de sua casca; mesmo os irresponsáveis têm pudor; eles o vencem, mas o pudor está lá. Foi assim, com pudor, que minha mãe me tocou; ou eu acho que ela me tocou. Eu tinha febre. Sempre tive febres altas. Naquela noite, eu ardia; estava no meu quarto; acho que você avisou a ela que eu estava doente. Lembro que ela veio serena, o que era absolutamente incomum em uma pessoa com o temperamento irritadiço que ela tinha. Ela vestia uma camisola longa e completamente transparente quando iluminada pela luz que vinha do corredor. Foi assim que eu vi o corpo nu de minha mãe sob o tecido rosa clarinho. Ela não usava nada por baixo. Uma ereção absoluta me assaltou, afrontando a minha educação. Eu tremia. Minha mãe sorria, carinhosa comigo, calma e eficiente como ela nunca havia sido antes. Em outras ocasiões em que eu dei trabalho, ela sempre ficava impaciente como se eu fosse culpado pelas minhas doenças. Mas dessa vez, não. Ela pôs a mão na minha testa meiga-

mente, constatou a minha temperatura alta e afagou meu rosto nas bochechas com profunda maternidade. E eu não desgrudava os olhos dos seios dela, ainda jovens, que levitavam dentro do tecido. Minha mãe não se alarmou. Disse que ia buscar um remédio e saiu. Juro que acreditei que ela viria se deitar comigo. O comportamento dela naquela noite estava sendo muito diferente do habitual. Ela estava serenamente feliz! Talvez eu tenha interpretado essa inesperada felicidade como um sinal de paixão, a paixão que eu sempre esperei que ela me tivesse. Mas, quando voltou, não foi para entrar debaixo das minhas cobertas que ela veio; foi para me medicar apenas. Ela retornou com a mesma paciência e carinho de antes e continuou a me surpreender com palavras e gestos de cuidado. Foi quando começou a acontecer, tão simples como em um filme pornográfico. Ela se debruçou sobre o meu rosto para me ajeitar os travesseiros. Os seios dela roçaram a minha face, a minha boca, suavemente, muito suavemente. Achei que fosse explodir de excitação. Não senti nenhuma repulsa, nenhuma censura. Fosse por mim, e eu teria sido amante da minha mãe sem problema algum. Nesses poucos segundos, eu me recordo de haver voado sobre o meu pensamento a possibilidade da concretização do ato sexual e de como seria viver com isso, para mim e para ela. E afastei qualquer drama, qualquer sofrimento. Poderíamos nunca mais falar no assunto, manter aquele segredo escondido até um do outro; mas teríamos elevado a nossa existência ao patamar sublime dos pecadores mortais! Teríamos conhecido o proibido e a sua razão; ou a sua irracionalidade, na falta de uma. Depois de ajeitar os meus travesseiros, minha mãe sentou-se na cama; me disse que eu deveria trocar a blusa do pijama porque aquela estava empapada de suor. Eu fiz que não seria preciso, mas ela já me levantava o cobertor revelando a minha ostensiva ereção. Ela não teve como dissimular alguma surpresa. Reagiu como se não esperasse por aquilo, embora eu suspeite de que ela já o sabia e só me quis trocar a blusa para se certificar. Minha mãe riu suavemente, passando o olhar sobre meu rosto sem se fixar; alargou o meio sorriso lentamente, como se o meu descontrole me fizesse ternamente risível; mas logo o sorriso deu lugar a uma comoção amorosa e a sua expressão ficou fascinantemente erótica. Ela olhou para o meu corpo magro e suado com alguma demora. Acho que a minha mãe se sentiu lisonjeada pelo meu desejo juvenil; eu tinha doze anos então. Foi quando ela tocou no meu sexo ativo; teso como só na fúria da juventude nos dizem que acontece. A mão dela pousou sobre mim como uma folha e se manteve o tempo de uma respiração. Foi breve e devastador. Mas, estranhamente, foi maternal ainda, apesar de ser no p. de um filho. Não foi um tesão de mulher por um homem mais novo. Foi o tesão de uma mãe por um filho. E isso eu não esperava que fosse assim. Eu supunha que o amor incestuoso fosse como qualquer amor; algo que se passa entre um homem e uma mulher que desejam se enfiar um por dentro do outro. Mas não foi assim. O tesão da minha mãe por mim foi maternal; uma maternidade erotizada, mas, surpreendentemente, intensamente, maternal. Talvez por isso nada tenha se consumado, apesar da enorme tensão que se estabeleceu naquele momento. Nunca mais aconteceu nada nem parecido. Ela mais não fez, nem naquele dia nem em nenhum outro. E, como percebesse que havia se excedido, repreendeu-me dizendo: "O que é isso, meu filho?" Mas sem zangar; com meiguice e uma malícia quase imperceptíveis. E deixou o quarto sem me dar tempo de responder; mas tampouco fugiu ou demonstrou submissão ao pudor. Apenas saiu, facilmente, como se levada pelo sopro de uma brisa. Foi simples assim. Fácil de contar porque parece uma estória inventada. E, como eu disse no começo, pai, eu não tenho certeza de ter acontecido exatamente como eu me lembro. O incesto pode ser repugnante para algumas pessoas. Para mim, nunca foi. Não acho que minha mãe tenha abusado de mim. Antes, me ressinto de que ela tenha se controlado; me magoa que o impulso dela não tenha sido impossível de domar. Mágoa de amor que não desaparece; ressentimento de quem não consegue perdoar a rejeição que sofreu. É o homem que sofre, não o filho. Perdoe a mãe, pai. Ela não sabe o que fez. E perdoe a mim também por eu não me sentir culpado.

O Evangelho segundo Jesus Cristo, de José Saramago...

Li e não cri! Aquela pessoa não poderia ser eu! Que alma pequena guardaria tão viva lembrança de um episódio remoto, nebuloso, duvidoso e ofensivo? Seria eu esse filho ingrato que viria agora cultivar essas mesquinharias da memória, essa avareza do esquecimento? E lançar tamanha mancha sobre o nome da minha família já desaparecida?! Não, este não era eu! *Pantaleão e as visitadoras*, de Mario Vargas Llosa, *Great expectations*, de Charles Dickens, *Perto do coração selvagem*, de Clarice Lispector, *Os índios e a civilização*, de Darcy Ribeiro...

Então era esse o livro para Constança que eu iria escrever? E com o qual arrebataria o seu coração? Não, este não era eu! Queimei a folha com o escrito apócrifo da minha autobiografia e fui trabalhar porque é isso que se espera de um homem. E nunca mais falei desse assunto; nem comigo nem com ninguém; muito menos com o fantasma do meu pai; que depois desse dia também não se deu mais ao trabalho de me aparecer. Espero que ele não tenha lido a minha petulância difamatória. Que desgosto eu lhe daria ao macular a biografia de minha mãe com acusações de incesto. *A menina sem palavra*, de Mia Couto, *Desde que o samba é samba*, de Paulo Lins, *L'éducation sentimentale,* de Gustave Flaubert...

Eu passava na Al-Qabu Edições Brasileiras todos os dias depois do trabalho e me deixava ficar por lá até a hora do jantar. Uma noite caiu um temporal na cidade, desses que alagam todas as ruas, e o seu Velhinho Livreiro se ofereceu para dividir comigo uns pratos típicos da cozinha árabe que ele se esmerava em preparar. E, desde então, passamos a jantar juntos com grande frequência. Isso foi logo depois de Bia ter me deixado; e veio mesmo a calhar. Sem ela por perto, minha dieta tinha empobrecido consideravelmente. A bem dizer, a minha vida inteira tinha se complicado muito. Manter a casa em ordem, cuidar da roupa, do jardim, da roseira, da buganvília, do pé de limão e ainda ter que cozinhar... Fazer tudo isso e trabalhar oito horas por dia... Só quando a gente se descobre na obrigação de cuidar de si mesmo é que compreende quanta coisa uma outra pessoa — mãe ou empregada — faz para manter a nossa vida em ordem. A vida é uma demanda cotidiana. A fome não reconhece domingo nem feriado. Achei injusto que Bia tivesse vivido para servir a minha família e não a si mesma; ou, mais injusto ainda: que, para Bia, viver para si mesma tenha sido servir aos outros. Está tudo errado no mundo, como eu sempre disse.

Gargantua, de François Rabelais, *Zur psychopathologie des alltagslebens*, de Sigmund Freud, *Drei abhandlungen zur sexualtheorie*, de Sigmund Freud, 女のいない男たち, de Haruki Murakami... Eu comprei um dicionário de japonês e acreditei que bastava conhecer as palavras para ser capaz de entender uma língua estrangeira. Penei e nada; depois de um mês de esforço concentrado, tudo o que eu consegui descobrir foi que o título era *Homens sem mulheres*.

Eu ainda não tinha o meu livro para Constança! Em verdade, nunca tinha estado tão distante de consegui-lo depois de ter descoberto que a minha vida, por conta daquele episódio vexaminoso, era incontável. Mas, mesmo sem nada que eu lhe pudesse ofertar, eu ansiava por saber do paradeiro dela. Tê-la por perto renovaria, certamente, a minha inspiração; e eu já planejava um livro teórico, sobre filosofia ou sociologia ou semiótica... Seja qual fosse a matéria, seria um livro portentoso, de grande cabedal humanista... Uma crítica de toda a crítica! *The age of capital*, de Eric Hobsbawm, *Kritik der reinen vernunft*, de Immanuel Kant, *A organização social dos tupinambá*, de Florestan Fernandes...

Eu já considerava colocar um anúncio no jornal dizendo: "*Procura-se por mulher de nome Constança para estabelecer relação amorosa duradoura ou eterna, de acordo com a vontade comum. Aceita-se comunhão de bens.*" Mas o destino decidiu me poupar dessa humilhação colocando bem ao meu pé uma outra possibilidade. Quem poderia imaginar que eu encontraria uma pista do paradeiro de Constança entre os livros empoeirados da velha Al-Qabu Edições Brasileiras, onde eu havia estado diariamente por todos esses anos?

Chegando à livraria para mais uma noite de prosa e culinária árabe, me interessei por um pequeno livro que estava na estante junto à entrada: *Vencerei!*, de Miserável Patrício. Eu tive certeza de que um livro com esse título e escrito por um autor com esse nome propiciaria grandes aventuras ao meu Eu Rico. *Vou levar esse livro, seu Velhinho.* Enquanto embrulhava o volume com o carinho de quem veste um recém-nascido, o meu queridíssimo amigo me dizia que eu havia feito uma ótima escolha. A editora, Books for EveryOne, era muito séria e tinha um trabalho da maior relevância na promoção de uma literatura popular brasileira. E, enquanto continuava os elogios, indicou o lugar na loja onde eu poderia encontrar outras publicações da mesma casa. Fui bisbilhotar; quem sabe eu não levava mais alguma novidade para enfrentar as minhas noites, agora renovadas por uma solidão absoluta. *Pai escravo, filho trabalhador, neto bandido*, de Gomes Albuquerque, *Nação favela*, de Lucileide Antônia, *O crime invisível — relatos da violência doméstica no Brasil*, organizado por Constança Luzia Assunção. Constança Luzia Assunção?! Constança Luzia Assunção!

Ler o nome de Constança na capa de um livro foi ainda mais inesperado do que descobri-la por acaso andando distraída pelas ruas do Leblon. Minhas forças sumiram. Tive que me sentar. Se é possível estar triste e feliz ao mesmo tempo, é assim que eu estava. Lembrei-me do quão bonita Constança é; do corpo dela, da voz, dos cabelos, dos olhos, da bunda, dos seios e só não me lembrei de tudo porque eu tinha pudor de pensar em Constança toda nua.

Seu Velhinho, o senhor conhece a autora desse livro? Ele procurou a foto dela na contracapa, como às vezes colocam. Mas tinha só um texto biográfico, sem imagem.

Constança Luzia Assunção é formada em literatura pela Saint Mary's University, fez mestrado em literatura latino-americana na Universidade de Harvard e doutorado em Yale, onde defendeu a tese "The spontaneous writing of Brazilian Portuguese". Hoje trabalha como editora-chefe da Books for EveryOne.

O senhor precisa me ajudar a encontrar essa moça, eu pedi com sofreguidão, revelando pela primeira vez na vida, a uma outra pessoa, a minha paixão por Constança. O seu Velhinho Livreiro não se surpreendeu; e me olhou como quem diz: *Todo mundo ama alguém, não precisa se encabular.* Na semana seguinte, ele me apareceu com o e-mail dela. Orgulhoso da façanha, o meu herói se vangloriou dizendo que também sabia mentir quando a causa era justa. *À sombra das chuteiras imortais*, de Nelson Rodrigues...

Eu estava tão feliz por ele ter localizado Constança para mim, eu gostava tanto dele, ele gostava tanto de mim... Eu queria dizer uma frase poderosa, que manifestasse toda a minha gratidão. *Seu Velhinho, o senhor não quer ser meu pai?* Achei que, vindo de um órfão, essa frase era a coisa mais comovente que eu podia dizer. Eu só não esperava que ele levasse a sério. O seu Velhinho ficou todo colorido de emoção. Permaneceu em silêncio longamente, dizendo com os olhos o quanto me queria bem. Fiquei encabuladíssimo. O amor constrange quem não está acostumado a ele. Muito sério, o meu querido amigo então me disse: *O seu pai era um homem tão bom! Fomos amigos a vida inteira. Ele vinha aqui, conversávamos... Ele estava sempre tão preocupado com você... Falava de você com tanto carinho... Pai você já teve. Mas posso ser o seu irmão mais velho! Assim te livro desse castigo de ser filho único.*

Que resposta mais singela ele tinha tirado da cartola para fazer par com a minha pergunta! O seu Velhinho Livreiro era mesmo um homem mágico. E, como aquele momento reclamasse uma comemoração, ele foi até a estante dos livros particulares dele, livros que não estavam à venda nem por todo o dinheiro desse mundo, e sacou o maior de todos para me presentear. Era uma edição ilustrada, bilíngue, em árabe e português, de *As mil e uma noites*. Ele abriu o livro para me mostrar o capricho da impressão; e me chamou atenção para a beleza do desenho da escrita árabe. Eu não sabia que ele falava árabe. Mas claro que falava, ele é de família árabe. *Sei ler e escrever! Aprendi com os meus avós.*

Eram mesmo lindas aquelas letras em árabe; كتاب ألف ليلة وليلة. Eu já as conhecia de algum lugar, mas não lembrava de onde. Procurei na desarrumação das memórias e, embora parecesse que eu estava cada vez mais perto de achar, quando eu ia me aproximando, a lembrança sumia de vista. Desisti, sem dar importância àquele esquecimento. Mas, assim que abandonei a procura, a resposta me procurou. De súbito, a dedicatória de amor escrita atrás da fotografia de meus pais no Jardim Público levantou-se na minha frente como um golfinho que pula para fora d'água. Era árabe, então, a língua do amante da minha mãe.

E eu, que nunca havia perguntado nada ao seu Velhinho Livreiro sobre a vida dele — logo eu, que tenho tanta curiosidade sobre todo mundo —, quis saber se ele tinha família. No Brasil, já não havia ninguém. Os dois filhos estavam no Líbano; haviam retomado o antigo negócio dos bisavôs quando o país se reorganizou depois da Guerra Civil. *É muito comum acontecer de os netos voltarem ao país de onde seus pais fugiram. São os eternos retornos da história*, ele disse com aquela sabedoria dele. E a mãe dos meninos havia morrido cedo, infelizmente, de tuberculose. Os demais parentes eram distantes, e viviam longe, em outras cidades. E por que o seu Velhinho Livreiro havia permanecido no Brasil se já não tinha vivendo por aqui nenhum filho seu?, eu quis saber.

E o dito ficou pelo não dito; que certas coisas estão mais bem ditas pelo silêncio do que pelo barulho das palavras.

Arte plumária dos índios kaapor, de Darcy Ribeiro e Berta Gleizer Ribeiro...

XX

De manhã logo cedo, morta de cansaço depois de uma noite quase toda em claro, eu abri a porta para o jardineiro que vem cuidar das plantas do meu terraço uma vez por semana, e caí aos prantos na frente do homem. Antes de ele perguntar o que tinha acontecido, eu já fui explicando que tinha sofrido uma agressão no dia anterior e que eu não estava conseguindo conviver com aquilo, mas não entrei em detalhes! Entre soluços, eu reafirmava que eu não merecia! *Eu! Eu! Eu não merecia!*, repeti umas vinte vezes.

Ele me ouviu com um cuidado de avô e, quando eu terminei de chorar, aquele homem tão manso me disse que ele podia resolver o caso para mim, se eu quisesse. Eu quis saber o que ele queria dizer com "resolver o caso". *Matar o sujeito*, foi a resposta que ele me deu. *Quem mataria?*, perguntei por pura curiosidade sociológica. *Eu mato, dona Constança. Mato com todo o respeito. Sem fazer sofrer, nem na frente da família. Levo para um canto e mato em nome da senhora.* Não cri! O homem que cuidava das minhas petúnias, das minhas camélias, das minhas rosas... Eu perguntei como foi que ele começou a matar gente. Ele disse que não era coisa que uma moça educada como eu tivesse que ouvir, mas eu insisti. Tinha sido por causa de um rapaz no morro que havia dito umas gracinhas para a filha dele quando a menina tinha doze anos; e era sabido que o tal sujeito tinha feito coisa ruim em outra comunidade. A minha crença na civilização me obrigou a perguntar por que ele não tinha procurado a polícia. *A polícia não se ocupa de crime futuro; só de crime passado, dona.* A sugestão de ele mesmo resolver o problema tinha sido conselho dum delegado amigo. Até a arma foi esse delegado que emprestou, e se ofereceu para ser o álibi, caso viessem a perguntar alguma coisa. *Diz que estava comigo jogando sinuca*, o policial teria dito.

Eu agradeci ao meu jardineiro e declinei da gentileza; ele não precisava se preocupar em matar ninguém. *Por hoje, o senhor rega as plantas e poda a roseira. Estamos combinados?*

Eu não sou uma pessoa inocente nem vivo numa redoma de vidro, mas nunca tinha imaginado que um homem tão delicado e respeitoso pudesse ser um assassino. Quando eu ia saindo, ele me pediu permissão para esclarecer que ele não era matador de aluguel; que nunca tinha matado por dinheiro; que ele só matava quem precisa ser morto; e que no mundo real é assim que as coisas se resolvem; que a filha dele hoje estava bem casada e não tinha trauma de crime sexual porque ele não tinha dado chance ao destino. E concluiu me pedindo que não o visse como um justiceiro; e sim como um pai responsável.

Bom homem, o meu jardineiro. Educado, inteligente, tinha uma mão milagrosa para plantas; e, ao que parece, tinha criado uma família saudável mesmo em condições muito desfavoráveis. *Quem sou eu para julgá-lo?*, pensei, já dentro do elevador.

Na rua, a cidade permanecia inalterada. A notícia do massacre no reality show era o assunto na boca de todo mundo, mas a vida continuava no seu ritmo. O invasor havia se matado quando a polícia chegou; ele não era parente nem conhecia nenhum dos participantes, não era doente mental, não trabalhava no ramo, não estava passando por dificuldades financeiras — não mais do que qualquer outra pessoa pobre —, não era de esquerda nem de direita, estava empregado, tinha casa própria quase paga... Enfim, não havia a menor suspeita das razões que o levaram a matar doze pessoas ao vivo. Só diferia da maioria porque não tinha nem mulher nem filhos. O que teria levado um homem aparentemente são a realizar tamanha atrocidade? A questão ardia em chamas e exigia uma resposta. Mas os ônibus continuavam circulando, os supermercados, abrindo; as farmácias, a casa lotérica, os cartórios... Tudo funcionava! É terrível a força do capitalismo financeiro/industrial! A produção não pode ser interrompida; o luto, necessário!, não faz parte da linha de produção; não há tempo para reflexão, apenas para a ação! O sistema não reconhece o valor econômico dos processos psíquicos. A hora trabalhada tem que ser trabalhada sobre a linha de montagem! Não é de se surpreender que dê errado.

Eu estava profundamente abalada pelos sucessivos encontros que eu vinha tendo com a desordem brasileira desde que tinha chegado de Portugal; precisava parar, escapar à avalanche de acontecimentos, e processar tudo o que estava me acontecendo. Mas tinha que encontrar um táxi e ir para o trabalho, como todo mundo.

Entretanto, havia um enorme engarrafamento na Avenida Atlântica causado por uma gigantesca concentração de babás, todas de branco. Elas marchavam empurrando carrinhos onde bonecas ocupavam o lugar de bebês de verdade. A marcha tinha fechado metade da pista de descida para o Centro da cidade. À frente da passeata, uma faixa trazia escrito: Greve Nacional das Babás. Eu tinha ouvido alguma coisa sobre o movimento, mas, como não tenho filhos, não retive o assunto. O coro, bem ensaiado, gritava palavras de ordem: *Segura que o filho é teu; Quem pariu que embale; Cuida do teu que eu cuido do meu; Empregada não é mãe; A escravidão dessa vez vai acabar, seu Edgar!*, e muitos outros, todos bastante contundentes. O carro de som tocava canções de ninar em ritmo de carnaval, e as reivindicações da categoria eram enumeradas em novas letras encaixadas sobre as velhas melodias: direito a horário fixo, duas folgas semanais, não acumular outras funções domésticas, não lavar a roupa do marido da patroa, não ser obrigada a olhar o filho das amigas da patroa, receber um salário por cada criança atendida, adicional de gêmeos, adicional de criança mimada, poder se banhar na piscina do Country Club...

Minha irmã me telefonou lá do Canadá; e, desprezando a má qualidade da ligação, começou a me contar, indignada, que, quando a empregada dela, há tantos anos na casa, descobriu o quanto vale a hora trabalhada num país desenvolvido, pediu demissão e já estava empregada na casa de uma família local que eles tinham conhecido no Canada's Park Wonderland. *Minha empregada vai imigrar antes de mim!*, ela gritava, possessa. *Mas que ingrata*, eu disse, mas a minha voz sumiu dentro da gritaria reivindicatória do cortejo que, a essa altura, já estava bem próximo a mim. Minha irmã não me ouvia, e perguntou o que é que estava acontecendo, que barulheira era aquela. Eu ia responder, mas perdi o raciocínio diante do que vi: pelo outro lado da avenida, vinha chegando outra passeata, composta por donas de casa. Marchavam decididas de encontro às babás. E cantavam também, em ritmo de rap, as suas demandas: *pelo fim da tirania das domésticas, é hora do basta!, pelo turno de trabalho de 14 horas, pelo retorno da folga quinzenal, pelo direito a descontar do salário tudo o que as empregadas quebram, que tragam marmita de casa, prisão para a safada que seduzir o patrão...*

Os dois grupos se encontrariam em cem metros e os ânimos estavam se acirrando. As palavras de ordem se sobrepunham, em uma escalada de agressividade galopante: *Vai lavar a bunda do seu filho! Cansou de trabalhar, volta para o seu barraco na favela! Vai pegar teu filho na escola em vez de ficar fazendo massagem! Invejosas! Mimadas! Pobretonas! Decadentes! Ignorantes! Ultrapassadas!*

Quando os dois grupos se encontraram, foi como uma partida de futebol americano; só não tinha a bola. Pancadaria feia, violenta; sangue e roupas rasgadas; cuspe, chute, dentada. Choros também, arrependimentos de algumas, revolta redobrada de outras... E não veio polícia para separar, nem homem algum teve coragem de se meter.

Cheguei ao trabalho atrasadíssima e, apesar de atônita com o conflito da Avenida Atlântica, fui logo tratando da edição de *O trágico destino dos Whatsapp*. Sugeri para minha equipe mudar o nome do livro para: *A boneca viva*. Todos gostaram. Concordamos que era mais instigante e assustador. Pedi que me localizassem a escritora.

Quando meu amor chegou, mais atrasado ainda do que eu, nem me deu tempo de contar os incidentes da noite anterior e dessa manhã; ele estava transtornado. No caminho para o trabalho, ele vinha conversando com o seu motorista, uma pessoa que trabalha para ele há mais de quinze anos, de total confiança, que leva as filhas dele para cima e para baixo, a quem ele considera um amigo. Mas, hoje, o homem revelou uma outra face. O meu amor reclamava da crise política que tinha paralisado a economia e lamentava a recessão que faria todo mundo sofrer, quando percebeu que o motorista estava dirigindo com grande irritação. Nem lhe passou pela cabeça que pudesse ser por causa de alguma coisa que ele estivesse dizendo; eram comentários recorrentes, uma conversa como tantas outras que eles já haviam tido muitas vezes. Mas, depois de uma freada brusca, o motorista virou-se para trás, encarou o patrão agressivamente e declarou que ficar ouvindo rico falar em sofrimento era até engraçado; todo mundo sabe que quem se fode sempre é o trabalhador. Eu não acreditei que ele tivesse tido a coragem de falar um palavrão; mas aquele tinha sido só o primeiro.

O meu amor ainda relevou, considerando que todo mundo tem direito a um dia ruim; mas o homem estava possuído de uma ira santa. Estacionou o carro em cima da calçada e perguntou se o patrão sabia quantas horas ele demorava para chegar ao trabalho; o meu amor sabia e tinha, inclusive, ajudado o motorista a comprar um carrinho para ajudar... *O senhor gosta de andar nesse carrão, mas acha que eu tenho que andar num carrinho? O senhor conhece a vontade de querer comprar uma coisa de boa qualidade e não poder? Qualquer coisa. Um sapato, um casaco, um quilo de carne de primeira, uma televisão grande, um telefone moderno... Ter aquela vontade de dar para o filho um computador e não ter dinheiro para comprar?! Uma vontade que é igual a uma fome! Dá até como que um tipo de desespero imaginar a vida sem aquilo, tão grande é o desejo de possuir a coisa almejada. O senhor conhece essa tristeza de saber que nunca, por mais que trabalhe que nem um filho da puta!, nunca a pessoa vai deixar de ser pobre?!*

Agora o empregado tinha atravessado a linha do respeito; o meu amor não era responsável pelos males do mundo! *Não? Então quem é?*, o motorista interrogou, afrouxando o nó da gravata e encarando o meu amor pelo espelho retrovisor. *Todo mundo*, ele respondeu, dizendo o que verdadeiramente pensava. Mas o motorista estava versado em dialética marxista e tinha a resposta pronta: *E todo mundo não é a soma de cada um?* Meu amor percebeu que a questão era outra. Ele quis saber se o motorista estava com algum problema pessoal. *O meu problema*, ele disse com os dentes trincados de ódio, *é o senhor e a sua bondade inútil*. E, conseguindo algum sossego para se explicar, esclareceu: *Bandido roubou a minha filha no ônibus ontem, doutor, mas eu só soube de noite porque na hora que ela foi assaltada eu estava levando as filhas do senhor para a escola; e cheio de recomendações da patroa para tomar cuidado com a violência. Que sentido tem eu proteger a sua filha se eu não posso proteger a minha?* E a pergunta ficou respondida pela falta de resposta. O motorista desceu do carro e abandonou o emprego em pleno congestionamento matinal.

O meu amor sofria com a decepção, mas não tinha tempo para se lamentar; teria que sair voando para pegar as filhas na escola e depois levar no balé. *Onde está a mãe dessas crianças?*, eu perguntei, já irritada. Estava desesperada com a greve das babás; ela tinha o dia cheio de trabalho e não sabia o que fazer para suprir a falta da empregada; ele tinha que ajudar. Eu quis saber se ele confirmava o nosso compromisso de logo mais. Apesar do caos daquela manhã, eu mantinha viva a animação de me encontrar com o senhor "porfavor.meleia@...", e sofria com a possibilidade de um adiamento. Ele já saía apressado, e me gritou da porta do elevador: *Confia em mim!* Fiquei tranquila. Ele viria.

O dia foi intenso. Nenhuma mulher veio trabalhar. A greve das babás fazia um estrago maior do que a de qualquer outra categoria. Mas despachei com os homens da equipe. Estes vieram todos. Ao que parece, nenhum deles considerou faltar ao trabalho para ajudar em casa. A autora de *O trágico destino dos Whatsapp* atendeu prontamente ao meu chamado de última hora e tivemos uma reunião maravilhosa. Nossa afinidade era grande; dessas que faz a gente acreditar em predestinação, outras vidas, carmas... Passamos a tarde juntas, rindo e nos deliciando uma com as histórias da outra. Acertamos a publicação do livro e fizemos planos para outros que ela já tinha em mente; dos quais, ao menos de um, ela podia me adiantar o título: *O artista do silêncio*. Trata de um ator cuja performance consiste em postar-se de pé no palco e lá permanecer por duas horas sem dizer uma única palavra nem fazer movimento algum. Diante da figura imóvel e muda, o público vai aos poucos sentindo necessidade de preencher aquele vazio. As pessoas desatam a dizer o que pensam; umas a elogiar, outras a xingar; a reclamar, a agradecer; há quem recite poesia, quem cante... E aquela produção livre de muitos discursos compõe o texto do espetáculo. O ator faz um enorme sucesso; os bilhetes se esgotam com meses de antecedência. Mas ele termina sendo censurado por um governo ditatorial — o silêncio é uma transgressão inadmissível — e é obrigado pelos agentes do Estado a renegar o seu passado; e, como prova de seu arrependimento, tem que se tornar líder de uma banda de heavy metal, se quiser continuar vivo. Ela me prometeu os originais para breve e nos despedimos como se fôssemos velhas amigas.

O dia voou sem eu me dar conta, mas, quando fui ao banheiro fazer xixi, transbordei em choro novamente. O tapa do marginal ainda ardia no meu rosto. Eu me sentia desprotegida como uma criança. Não havia Brasil grande o bastante onde coubesse o meu medo! *Estamos mesmo vivendo à mercê do pior em nós! A incivilidade dobrou a esquina*, eu me dizia, resmungando. Mas logo me lembrei do compromisso de amor de logo mais, e já não quis mais sofrer.

XXI

A educação e a crise brasileira, de Anísio Teixeira... Eu não sei exatamente qual foi o dia, mas foi por essa época que eu parei de falar com as outras pessoas. Já fazia algum tempo que eu estava perdendo a vontade de interagir. Ao imaginar que eu teria que responder a um simples bom-dia, me vinha uma exaustão de fim de ano letivo, um sono de fim de tarde. Não me lembro de ter acontecido nada de especial; nenhuma ofensa, nenhum aborrecimento, nenhuma agressão... Nada que me obrigasse a calar. Lembro-me do cansaço; disso me lembro bem! *Duas ou três coisas que sei dela, a vida*, de Domingos Oliveira...

Dizer o que penso sempre me exauriu. A pessoa se manifesta e depois tem que enfrentar contestações, e tem que se explicar melhor, e esclarecer, e confirmar... E, ao fim, continua sendo mal compreendida. Desde sempre, nada do que eu digo obtém aceitação. Seja sobre o que for: política, filosofia, psicologia, religião ou futebol. Que cansaço! Não me lembro de ter havido pessoa que se afinasse com as minhas opiniões sem algum porém; nem que eu também tenha me afinado com a opinião de quem quer que seja sem reservas, diga-se por amor à verdade.

A verdade, aliás, tem mesmo que ser dita: ninguém ouve nada do que a outra pessoa diz. Cada um tem a sua visão de mundo e nela se mantém imóvel mesmo diante do argumento contrário mais razoável. Não conheço gente que se entenda e, no entanto, a humanidade produz diariamente horas incontáveis de conversa inútil.

Claro que há ilusões de entendimento! É comum vermos grupos de amigos ratificando com euforia o que um deles disse, e todos exclamando a certeza coletiva em uníssono. Em matéria política ou esportiva, é frequente. Mas isto não é concordar. É pensar o mesmo. A concórdia tem que ser alcançada pelo convencimento. Quando duas pessoas pensam o mesmo é porque uma delas está dizendo o eco do que a outra já disse. Então, para que dialogar se quem concorda já concordava e quem discorda nunca concordará?

Mas eu não parei de falar porque estava zangado; nem porque decidi. Aconteceu sem eu perceber. Acho que eu fui falando cada vez menos, até que um dia, quando dei por mim, já era noite e eu não havia dito uma palavra sequer a pessoa alguma. Eu estava sentado sozinho à mesa da cozinha, comendo um pão velho com água fresca à guisa de jantar, quando me dei conta do silêncio que eu havia experimentado durante todo o dia. Quase exclamei a minha surpresa, mas reprimi o grito que ia me escapando. Eu não queria quebrar a abstinência verbal na qual havia me descoberto.

Tomando o maior cuidado para não acordar a Voz que vive no meu pensamento, escovei os dentes, tirei a roupa, apaguei a luz e deitei na cama para dormir. Mas não adormeci. Eu tinha sono, mas, ao mesmo tempo, me sentia descansado. Diferentemente do que me acontece sempre, o esforço de atravessar a jornada não havia me esgotado. Em lugar da tensão muscular e da ligeira dor de cabeça com que costumo terminar os dias, eu experimentava um relaxamento desconhecido até então. O meu corpo parecia afundar no colchão, como se em uma suave queda livre estivesse. Eu não sentia a força da gravidade. Não era o corpo que se deitava sobre a cama; era mais como se a alma se deitasse sobre o corpo. E, porque este lhe fora feito à medida, ela nele cabia exatamente, e podia, portanto, entregar o seu peso quase nenhum a um apoio perfeito.

Não é difícil ficar calado. Ninguém sentiu falta de eu não responder aos *bons-dias* nem aos *como passou a noite?* ou aos *está tudo bem com você?* Um sorriso simpático é muito eloquente e é capaz de dissuadir o interlocutor mais determinado.

O primeiro dia em que não falei com ninguém foi simples e calmo. Deitado na cama, leve como um astronauta nu, compreendi que eu não queria mais falar com pessoa alguma enquanto vivesse. Claro que essa lei não se aplicava a Constança porque Constança está acima da lei.

No dia seguinte, eu também deixei o meu emprego no hospício. Já havia algum tempo que a loucura dos malucos estava me cansando; e culminou com um problema constrangedor que um deles me causou. O alucinado cismou que era meu enfermeiro e queria porque queria me dar um banho. E o maluco tinha um poder de convencimento de profeta do apocalipse. Arrebatou outros prejudicados mentais, todos se acreditando enfermeiros, e me atacaram. Quando eu vi, não teve jeito: o melhor que eu fazia para acalmar a turba dos lunáticos era deixar que eles me lavassem. Pelo menos eu fiquei limpinho e eles, tranquilos.

Mas os dementes continuaram abusando da minha boa vontade. O golpe de misericórdia no meu emprego foi desferido por esse mesmo tresloucado, que eu já chamava de *inferneiro*, que cismou de me colocar um supositório me acusando de estar com vermes. Aí já era demais! Aquilo ardeu! Sossegar os doentes mentais estava começando a me custar caro e o hospício não me pagava para isso. Quer saber? Vou me demitir. E nunca mais voltei lá, nem para comunicar a minha demissão.

Quando eu saía para comprar pão e leite, que é só o que eu comprava, os malucos ficavam me chamando da grade, perguntando se eu não ia voltar a trabalhar lá, dizendo que sentiam a minha falta, fazendo aquela algazarra típica de doente mental. Os malucos que se pensam médicos vinham até a calçada me abordar; queriam saber de mim, se eu estava bem... Mas eu seguia reto, mudo como eu havia decidido ser, e sério como alguém muito ocupado.

O seu Velhinho Livreiro também pegou essa mania de ficar me gritando da rua. Dia sim, outro também, ele passava na frente da minha casa e me chamava; até acenava com um livro bonito na mão, querendo atiçar o meu apetite de drogado! Eu me escondia no fundo de uma gaveta e ficava lá trancado até ele ir embora. Eu precisava de sossego para escrever o imenso livro teórico, a crítica de todas as críticas, que levaria o meu pensamento ao zênite da sua grandeza e colocaria Constança ajoelhada aos meus pés.

A pessoa desautorizada, *A ditadura das instituições*, *O tempo e a escravidão*, *A pessoa honesta em um mundo desonesto*, *Televisão: A mediocridade no poder*, *A democracia refém da publicidade*, *Um novo conceito de riqueza*, *A reorganização do Estado*, *Os donos da linguagem*, *Polifonia cultural*, *O preconceito científico*, *O preconceito erudito*, *O preconceito puro*, *O preconceito contra a comédia*, *As pessoas e as coisas*, *O egoísmo do adulto*, *O ser do ser*, *O fim dos meios*, *A liberdade educadora* e *Salvação sem salvador*. Esses seriam os capítulos do gigantesco livro de ensaios que todos os dias eu começava a escrever, mas que uma vontade irresistível de voltar ao meu campeonato de jogo de botão me impedia de terminar; terminar de começar, se me explico bem.

El otoño del patriarca, de Gabriel García Márquez, *Memoria de mis putas tristes*, de Gabriel García Márquez, *Divina commedia*, de Dante Alighieri... Quando eu cansava de tudo, eu deitava no chão e ficava passeando o olhar pela minha biblioteca. Os livros eram guardados sem ordem alguma; nem por autores, nem alfabética, nem pelo gênero... Eu colocava o livro onde havia espaço livre na prateleira. *Os Maias*, de Eça de Queirós, *Cartas da prisão*, de Frei Betto, *A fé na periferia do mundo*, de Leonardo Boff...

Eu gostava dos meus livros embaralhados; resultava uma variação caleidoscópica de assuntos em que eu adorava navegar. *Nineteen eighty-four*, de George Orwell, *Paideia: a formação do homem grego*, de Werner Jaeger, *Inventário de cicatrizes*, de Alex Polari de Alverga...

Eu vivia oprimido pela angústia permanente de escrever o livro para Constança; tentando reduzir a minha crítica de todas as críticas a algumas palavras inteligíveis por outras pessoas; mas o que eu tinha a dizer só conseguia dizê-lo a mim mesmo. Quando eu pensava dentro, era claro como a evidência de estar vivo; mas, quando eu tentava pensar fora, a linguagem me afrontava, me desafiando com a sua rigidez; nada do que eu imaginava escrever era exatamente igual ao que eu tinha pensado; havia sempre um abismo; e isso me debilitava. Quando eu me percebia, estava de volta à droga da leitura ou jogando futebol de botão; ou me consumia desconversando a Voz na minha cabeça sobre o meu destino divino. E os dias passavam e a vida morria.

Le chants de maldoror, de Comte de Lautréamont, *Os flagelados do vento leste*, de Manuel Lopes, *El castillo interior*, de Santa Teresa D'Ávila...

Alguns meses depois do meu total isolamento, tendo perdido já uns dez quilos e um dente, fui presenteado com um milagre que salvou a minha existência de ser um completo desperdício de energia cósmica!

Numa longa tarde quente, em que as horas demoravam dias para passar, um vizinho qualquer se quedou no ponto de ônibus que tem embaixo da minha janela e ficou ouvindo no rádio uma partida de futebol. Eu estava deitado no chão e corria os olhos sobre o título dos livros enquanto a falação frenética do locutor invadia os meus ouvidos. Aos poucos, os nomes que eu lia foram se imiscuindo na descrição das jogadas, e eu comecei a sorrir, sonolento, achando graça em imaginar um time de livros jogando futebol: Desce *O fundador* com a bola dominada, cruza a linha do meio de campo e lança para *Dom Casmurro*, que desce pela direita; mas é desarmado pela entrada vigorosa da dupla de zaga *Esaú e Jacó*. Era uma brincadeira; coisa de desocupado, que é o que eu havia me tornado com o desemprego e a morte de todo mundo.

Pela tabela do meu campeonato particular de futebol de botão, o próximo jogo seria um amistoso entre a seleção brasileira e um combinado estrangeiro. Os times já estavam escalados: Félix, no gol; na defesa: Leonardo, Lúcio, Amaral e Júnior; no meio-campo: Clodoaldo, Ganso, Pelé e Zico; e no ataque: Ronaldinho Gaúcho e Tostão. Pelo time adversário, no gol: Oliver Kahn; na defesa: Maldini, Figueroa, Baresi e Bobby Moore; no meio de campo: Cruyff, Lothar Matthäus, Euzébio e Zinedine Zidane; no ataque: Maradona e Messi. Seria um clássico, jogo para nunca se esquecer.

Mas, apenas pelo gosto da diversão, eu me propus a escalar livros em lugar de jogadores; e os times ficaram assim. No gol: *A pedra do reino*; na defesa: *Lucíola*, *Fogo morto*, *Casa grande & senzala*; no meio-campo: *Quincas Borba*, *Ed Mort*, *Juca Mulato* e *Catatau*; no ataque: *Benjamim* e *Budapeste*. Técnico: *Romanceiro da Inconfidência*. E o time adversário: no gol: *Bel-ami*; defesa: *Germinal*, *La hojarasca*, *Madame Bovary* e *Moby-Dick*; meio-campo: *Pale fire*, *La peste*, *Emma* e *David Copperfield*; no ataque: *Lolita* e *El Aleph*. Técnico: *La mort est mon métier*.

Era divertido demais e a brincadeira não tinha fim. Escalei livros para as seleções inglesa, francesa, alemã, russa... Combinados de terror, de suspense, de comédias... Seleção de modernistas, de parnasianos, de barrocos... Misturados de filósofos, de religiosos e livros de autoajuda... E eu me divertia imaginando como jogariam os times de acordo com o caráter dos livros. Os pensadores da Revolução Francesa discutiriam muito em campo e se trairiam o tempo todo, os modernistas brasileiros comeriam a bola, os filósofos gregos perguntar-se-iam se o gol valeria em potência, antes de concluída a jogada... A minha maior gargalhada foi pensar que o time dos poetas não ganharia nunca porque acharia poético perder.

Peguei a enorme caixa de madeira onde guardo todos os mais de mil botões que venho colecionando ao longo da vida e passei a colocar um título de livro em cada um deles. Eu escolhia sem critério algum; olhava na estante e passava a chamar aquele jogador pelo livro que lhe coube. Mas logo ficou a maior confusão. Sem notar, eu tinha nomeado três jogadores de *A relíquia*, e logo descobri dois *Serafim Ponte Grande*, e quatro *Rayuela*. Eu gosto de bagunça, mas odeio confusão. Eu teria que me organizar se quisesse promover um campeonato profissional. Decidi fazer uma lista de todos os meus livros. Foi uma decisão temerária porque eu tinha uma quantidade bastante enorme de livros. Mas eu estava determinado e adorando. Há muito tempo que eu não me esquecia da vida tão completamente.

A tarefa me tomou três dias inteirinhos de muito pouco sono. A lista principiava por *Don Quijote de la Mancha*, de Miguel de Cervantes, e findava com *El amor en los tiempos del cólera*, de Gabriel García Márquez; e reunia entre os extremos mais de cinco mil títulos; e, marcando bem o meio, dois livros se apoiavam um no outro: *A cidade e as serras*, de Eça de Queirós, e *Il nome della rosa*, de Umberto Eco.

Nada melhor do que a sensação do dever cumprido! Tomei um banho e me convidei para jantar fora. Peguei dinheiro na gaveta onde Bia tinha deixado — havia muito ainda —, e fui sossegado comer um bife acebolado com arroz, feijão, salada e batata frita. Fazia muito tempo que eu não sabia o que era uma refeição de verdade.

Quando voltei, dormi. Acho que dormi por muitas horas porque, quando despertei, já estava com fome de novo. Abri os olhos e me deparei com a entrada da noite, o que é sempre angustiante. Fiz um mingau de aveia, que é a única coisa que eu sei cozinhar, e me dei por satisfeito. Descansado e alimentado, eu estava ansioso por organizar o calendário e iniciar o meu campeonato mundial de times de futebol de livros.

Peguei o bloco onde eu tinha registrado a minha biblioteca e não resisti à curiosidade de ler a lista dos meus livros em sequência.

> *O menino e o palacete*, de Thiers Martins Moreira, *Mein Jahr in der Niemandsbucht*, de Peter Handke, *The Evening Sun*, de William Faulkner, *Il barone rampante*, de Italo Calvino, *The scarlet letter*, de Nathaniel Hawthorne, *O casamento*, de Nelson Rodrigues, *Comédias da vida privada*, de Luis Fernando Verissimo...

Eu lia e a minha atenção se mantinha focada nas palavras.

> *In the country of last things*, de Paul Auster, *Febeapá — festival de besteiras que assola o país*, de Stanislaw Ponte Preta, *Black box*, de Amos Oz, *A alma encantadora das ruas*, de João do Rio...

Cada título me doava uma sugestão de pensamento que, por ser breve e concisa, eu conseguia penetrar; ou, melhor dizendo: eu conseguia me deixar ser por ela penetrado; e usufruía, imaginando que estória se conformaria com aquele título. Li até a fome me vencer; jantei pão duro com água fresca, sem parar de ler enquanto comia.

Misión del bibliotecario, de José Ortega y Gasset, Orlando: A Biography, de Virginia Woolf...

Cochilei com o caderno no colo; acordei já lendo novamente.

O abolicionismo, de Joaquim Nabuco, Das kunstwerk im zeitalter seiner technischen reproduzierbarkeit, de Walter Benjamin...

E prossegui até terminar; e terminei quando já era perto do meio-dia do dia seguinte ao dia em que eu comecei a ler. E adorei o que li! Parecia um apanhado de sugestões desconexas, parecia um glossário de termos indefinidos, parecia um compêndio de haicais de pé quebrado, parecia um índice de tópicos para estudo, parecia o desabafo de uma dúvida, parecia o vício de alguém, parecia um livro. Era um livro!

Pasmei diante da graça divina! Como se fosse a materialização da minha vontade; surgido do inesperado; consequência da inconsequência de uma tarde perdida; um milagre autêntico: o livro para Constança havia se autoescrito.

E me pareceu bem-feito. Nenhum outro diria mais sobre mim do que este. *Dos livros, basta-nos os títulos!* Exultei!

Só faltava batizar a criação. Metade já estava lá: Título. E a outra metade não era uma palavra a seguir; e sim, a antes-vir. E era um nome comum como o nome de um apóstolo: João, Mateus, Pedro, Livro! Antecedido do artigo para ficar explícito de que se trata do único do seu tipo. E assim ficou:

O livro dos título

E eu me senti muito bem representado pelo meu livro sem estória! Recostei no descanso merecido e contemplei o horizonte alaranjado pelo sol do fim da tarde; bandos de gaivotas plainando sobre um mar cintilante... Os pesqueiros entrando na barra, o movimento sereno da gente conversando à porta de casa, tal qual eu morasse em uma pequena vila de pescadores... Eu imaginei, né?

Sentei-me na varanda da casa e assisti ao portentoso *Livro dos título* escorregar do estaleiro e adentrar no oceano da literatura como um navio batizado; pesado como uma responsabilidade, mas levitando sobre as águas como um Deus.

E assinei a minha autoria, que isso é uma glória que nenhum escritor dispensa: Primeira Pessoa do Singular.

XXII

Genuíno Jesus Cristóvão do Amanhã, era esse o nome dele, filho de Maria Cristóvão e José do Amanhã, deu finalmente por cumprida a tarefa que havia se proposto a realizar fazia tempo, muito tempo. O livro para Constança estava finalmente pronto e terminado. Só faltava agora fazê-lo chegar às mãos da predestinada.

Genuíno Jesus foi ao velho computador do pai e escreveu um e-mail para Constança no qual dizia, diretamente: *O seu livro está escrito.* Mas percebeu que ela não saberia a qual livro ele estaria se referindo. Certamente, a lembrança do tímido rapaz que se esmerou em malabarismos intelectuais para impressioná-la com seus pretensos conhecimentos de literatura estava soterrada sob os escombros de tantas outras memórias.

Era preciso se explicar. Mas tampouco ele o queria fazer diretamente, numa confissão de amor escancarada. O seu personalíssimo pavor da piedade alheia o impedia de se expor frontalmente. O melhor seria tangenciar a revelação, narrando os fatos como se a história fosse inventada, e esperar que Constança se descobrisse no personagem central da aventura.

Principiou pela frase que dava início e razão a sua saga amorosa: *Eu nunca gostei de ler, mas sempre gostei de livros*; e, à medida que conseguia — pois lhe custava bastante esforço desvencilhar-se do silêncio —, contou para Constança, numa sucessão de e-mails, as peripécias que havia atravessado na tentativa de escrever um livro para conquistá-la.

Perdeu uma semana nessa tarefa; tempo que também aproveitou para arrumar a casa, que se encontrava em grande desordem desde que ele vivia sozinho e recluso.

Ao fim do esforço de tudo contar, Genuíno Jesus se perguntava se deveria enviar o último capítulo que escrevera, no qual revelava a gênese de *O livro dos título*, ou se deveria guardar a surpresa para o momento em que fosse entregar, pessoalmente, a obra a sua destinatária. Mas, antes que pudesse se decidir, teve a sua dúvida sobrepujada pela chegada de um e-mail da própria Constança em que ela pedia um encontro com o senhor "porfavor.meleia@...".

Ele não contava que ela tomasse a iniciativa, mas reagiu bem à emergência, para sua própria surpresa. Respondeu ao pedido mantendo-se ainda discreto sob o endereço de e-mail que o acobertava. Ele não sabia se Constança já o havia identificado e reconhecido a si mesma na pessoa da musa adorada. Melhor seria que não. A surpresa lhe convinha! Sugeriu que a reunião de trabalho fosse na casa dele, se ela não se importasse. Há muito tempo que ele não saía; recebê-la em seus domínios o tranquilizava; e também lhe daria a oportunidade de ostentar a sua vistosa biblioteca, que a essa altura já ocupava, além da sala, as paredes de todos os quartos. Em contrapartida, caberia a ela escolher o dia e a hora. Constança respondeu imediatamente, aceitando o lugar e sugerindo por volta das nove da noite do dia seguinte.

Dormiram acordados de tão leve lhes foi o sono; um sonhando com o outro, os dois imaginando como se comportariam no grande momento.

Mas o destino, que é sovina em oferecer exclusividades, guardava outras surpresas para aquela data. No mesmo dia em que Constança Luzia Assunção e Genuíno Jesus Cristóvão do Amanhã finalmente se encontraram, o Brasil se des-integrou. O país, literalmente, deixou de ser uma unidade e mergulhou em um período de desordem; que viria a ser conhecido como os Anos da Guerra Civil Brasileira.

Mas essa denominação não será uma unanimidade entre os historiadores. Alguns teóricos, por não verem no conflito característica de uma guerra fratricida, e o considerarem apenas uma questão de ordem pública, haverão de preferir o termo A Era dos Massacres, em referência aos muitos assassinatos coletivos que ocorrerão após o desaparecimento do antigo Estado Nacional. Outros recusarão a denominação Guerra Civil por julgarem que a nação brasileira nunca chegou a se constituir plenamente; que sob o nome Brasil, em verdade, conviviam diferentes nações; e que a guerra seria, portanto, um conflito entre povos inimigos e não entre facções de uma mesma nacionalidade.

A polêmica seguirá acesa por muito futuro, com o surgimento de interpretações alternativas, dissidentes e minoritárias, que darão origem a um grande número de publicações, das quais serão destaque: *Raízes lusófonas da desagregação brasileira*, de Antar Avelino, *A revolta dos escravos libertos e a reação burguesa*, de Giovana e Alexandre Boanova, *Causas econômicas da ordem des-unificadora do Brasil*, de Sergio Figueiredo, *As consequências da escravidão*, de Frei Bonifácio, e *Desejando o caos*, de Juliana e Mark Wonderbunken.

Indiferente às polêmicas no seio da Academia, o termo Guerra Civil Brasileira virá a ficar consagrado, seja pela sua precisão teórica ou porque nele a população encontrará o nome mais próprio para designar o flagelo que terá enfrentado.

Costumar-se-á aceitar o dia 1º de abril, com a entrada em vigor da Lei da Privatização das Praias e das Praças, como sendo a data do início dos conflitos. Mas também não haverá consenso entre os eruditos sobre essa matéria. Alguns preferirão o dia 6 de abril, considerando a deserção coletiva de todas as forças policiais do país, e a explosão da criminalidade que lhe foi a consequência imediata, como o fato que inaugura o processo de desagregação.

Mas haverá acadêmicos que só considerarão o conflito deflagrado no dia 18 de abril, com o advento do chamado Massacre dos Jornalistas, quando as instalações das empresas de comunicação foram invadidas por diversos grupos, desde organizações criminosas, sindicatos radicalizados, assaltantes oportunistas, associação de moradores, ex-participantes de reality shows e arruaceiros de diversas procedências. Os profissionais da comunicação social foram, então, impiedosamente dizimados. Os donos das empresas, e mesmo algumas celebridades, não encontraram misericórdia na mão dos seus algozes. A data da queda dos meios de comunicação virá a ser conhecida como o Dia da Verdade, e tornar-se-á feriado mundial. Será lembrada pelos tempos afora, com discursos nem sempre tão honestos quanto fará parecer a veemência dos oradores.

A polêmica sobre a inauguração da Guerra Civil Brasileira, se podemos nos expressar desse modo, demorar-se-á por muito tempo. Pensadores mais ortodoxos considerarão a invasão do Congresso Nacional ocorrida em 25 de abril — que se seguiu à aprovação, por aclamação!!!, de uma anistia para crimes de corrupção cometidos por políticos das duas últimas legislaturas — como o dia em que o país definitivamente terá deixado de existir. Os apoiadores desta visão verão no massacre da classe política, que teve início naquele acontecimento e perdurou por toda a Guerra Civil, o fato determinante da longa duração e da catastrófica consequência do conflito. Acreditar-se-á que 95% dos políticos profissionais da época terão sido assassinados. Os poucos que terão conseguido escapar ao linchamento, ao enforcamento, ao fuzilamento, ao empalamento, ao escalpamento ou ao esquartejamento terá sido por terem se disfarçado de mendigos. A caça aos chamados representantes do povo será implacável. Os números serão imprecisos, mas acreditar-se-á que nos anos que se seguiram à invasão do Congresso, e à subsequente invasão das assembleias estaduais e câmaras municipais de todo o país, mais de 15 mil políticos em fuga foram descobertos vivendo embaixo de viadutos, dormindo sob marquises, esmolando em portas de igreja; e que, depois de flagrados, terão sido levados a tribunais populares onde a sentença era, invariavelmente, a pena capital. Haverá quem jure, em dias daquele futuro, que ainda cerca de duzentos políticos conseguiram se esvair e permaneceram vivendo nas ruas. Dir-se-á que terão perecido à míngua, irreconhecíveis por conta dos maus-tratos da mendicância. Mas não se saberá ao certo. A maioria acreditará que nenhum político terá logrado escapar à justiça popular. Certeza que encontrará confirmação na explosão de uma bomba nuclear de pequenas proporções que haverá de varrer do mapa a bela arquitetura da capital brasileira; e cujos responsáveis jamais serão encontrados. Haverá mesmo quem creia ter sido o Holocausto obra divina, elevando Brasília ao bíblico patamar de Sodoma e Gomorra.

Uma última data será defendida por historiadores oriundos da Escola Superior de Guerra do Exército: o dia 22 de abril, quando os soldados terão se recusado a sair dos quartéis em defesa da ordem pública. Na ocasião, alguns oficiais de alto escalão das três Forças Armadas se julgaram no dever de assumir o controle do país em nome da salvação nacional. Mas enfrentaram um motim de proporções nunca antes imaginadas. Creditar-se-á a liderança do movimento ao taifeiro de segunda classe Zenon Xavier, de quem se dirá já ter enfrentado ordens superiores em outras ocasiões. Dir-se-á que Zenon terá dito a seus colegas sublevados: *Só existe Exército quando existe nação; e a brasileira parece que desapareceu debaixo dos nossos pés.* Em lugar de sair dos quartéis, o que fará a tropa será abrigar os seus parentes dentro das instalações militares; onde permanecerão entrincheirados durante os longos anos do conflito; praticando uma agricultura de subsistência e mantendo o equipamento militar operacional.

Os primeiros anos da guerra se caracterizarão por uma baderna absoluta. A estrutura administrativa do Estado entrará em agonia e colapsará em poucos meses. O país ficará entregue a bandos de vândalos que atacarão indistintamente, com o único intuito de se apoderarem de bens de consumo. Em um primeiríssimo momento, cada cidadão se encontrará responsável pela sua própria segurança. Formar-se-ão milhões de exércitos de um único soldado. Mas, logo, os autodenominados *homens de bem* se organizarão para defenderem os seus bens. Terá início a formação das milícias civis. Muitas delas surgirão dentro de organizações já existentes, como empresas de segurança particular, torcidas organizadas, academias de artes marciais, agremiações de escolas de samba, sindicatos e demais movimentos sociais. Milícias de formação religiosa serão conhecidas por sua atuação aguerrida, com o aparecimento de mártires, homens-bomba e profetas guerreiros do

Senhor. Como sempre, o nome de Deus exercerá uma atração irresistível sobre corações e mentes humilhados.

As milícias civis virão a ser o embrião das novas nações que emergirão ao fim dos combates, como será descrito mais à frente.

Estes serão os anos mais violentos da Guerra Civil. Os massacres se sucederão, produzindo uma cultura da vindicação, em que cada reação buscará superar a monstruosidade da precedente, na vã esperança de assim intimidar o inimigo. Ficarão internacionalmente conhecidos os Massacres das Comunidades Carentes, cujos atos de barbárie serão justificados por seus perpetradores de classe média como sendo uma reação aos não menos sangrentos Massacres dos Condomínios de Luxo.

Dir-se-á no futuro que, durante os anos negros da Guerra Civil Brasileira, metade da população terá perecido. Este relato que aqui presentemente acontece nos poupará dos horrores desse tempo, pois não temos gosto algum em castigar a delicadeza dos nossos espíritos com os requintes de um sadismo descritivo. A fantasia de cada um fornecerá o que é preciso para que a pessoa possa imaginar por si mesma o pesadelo macabro em que a realidade terá se tornado. A nós, basta-nos dizer que esse tempo obscuro da história veio a nos ensinar que os piores sentimentos podem florescer nos melhores corações. Pessoa alguma está acima dos vícios do seu tempo; e a besta que somos hiberna encolhida na caverna da civilização, mas tem o sono leve.

XXIII

Eram seis da tarde ainda e Constança só chegaria às nove. Genuíno Jesus, absolutamente alheio aos acontecimentos dramáticos que o circundavam, ficou tão aflito com o tempo que não passava que saiu para a rua! Levou consigo, devidamente protegido em uma pasta de couro, o manuscrito de *O livro dos título*, como quem leva o filhote recém-chegado à casa para apresentar aos vizinhos. Vagou pelas proximidades, sem destino certo, estranhando as ruas estarem vazias. Cumprimentou brevemente os poucos vizinhos que passavam apressados; e até se esqueceu de que havia decidido nunca mais falar com pessoa alguma nesse mundo. Quando lembrou, já era tarde demais, e não ligou que tivesse quebrado a promessa.

Do outro lado da cidade, Constança relia apressadamente todos os e-mails do senhor "porfavor.meleia@..." e se maravilhava com o homem que concebeu a estória de um amor tão determinado; e que se revelaria para ela em algumas horas como sendo o seu namorado e chefe, Erik Bengt; era esse o nome dele. Os sinais do caos que se aproximava como uma maré que sobe (ou como lava que se derrama ou como qualquer outra força da natureza, sempre inelutável) seriam já perceptíveis pelo clima soturno dos telejornais, mas naquele dia Constança estava atenta apenas ao romance de sua vida. Todos sabemos que o amor nos aliena de tudo com a festa da sua chegada.

Genuíno Jesus pensava nos muitos modos que havia de entregar o livro para Constança, e se perguntava qual seria o de maior impacto. Se apenas deixar as palavras lhe escorregarem da boca com casualidade: *Este é o livro que escrevi pra você*; ou algo mais pomposo: *Um livro sempre parece que foi esquecido pelo escritor no lugar onde está. O leitor é a pessoa que encontra o livro e, sem pedir permissão, vasculha os segredos que ele guarda. A literatura pertence aos indiscretos.*

Genuíno Jesus azeitava esses pensamentos quando se descobriu na frente da livraria Al-Qabu Edições Brasileiras. O seu Amir Mudajjan, era esse o nome do seu Velhinho Livreiro, estava sentado ao fundo, reencadernando alguns livros antigos, o que era o seu afazer diário. Genuíno Jesus o achou muito envelhecido para o pouco tempo em que não se viam; nem um ano. Mas nada disse; até porque foi recebido com grande alegria, ainda que receosa de rejeição, pelo seu amigo de tantas afinidades. Sobre o assunto tacitamente revelado no último encontro, nenhum dos dois quis falar. Preferiram o antigo vínculo de amizade e comportaram-se como se aquele dia nunca tivesse existido. Logo se puseram à vontade, brindando o reencontro e reatando a conversa sobre os assuntos de costume.

Genuíno Jesus esperava uma brecha na falação para revelar a grande novidade que trazia: o livro de sua autoria. No entanto, quando depositou sobre a mesa a pasta de couro e anunciou o que ela continha, foi surpreendido pela reação pouco entusiasmada de seu Amir. Genuíno Jesus não é pessoa de se ofender à toa, mas esperava alguma empolgação por parte daquele que havia se oferecido, por livre e espontânea vontade, a editar a obra.

Meu filho..., o seu Amir deixou escapar, sem se dar conta de que chamava de filho ao filho. O livreiro foi então até a última estante, lá no fundo da livraria, trouxe consigo um livro e depositou o pesado volume na mesa, sob os olhos de Jesus.

O livro dos título, lia-se na capa dura verde-musgo. A edição era de luxo, encadernação requintada, letras bordadas com fios de ouro, impresso em papel de primeira, encorpado e opaco. Jesus se estarreceu, apavorado com a certeza de que alguém já havia escrito o mesmo livro que ele. Os seus pensamentos se aglomeraram em grande agitação, todos falando ao mesmo tempo, cada um gritando mais alto do que o outro. O que poderia ter acontecido? Um acaso? Um castigo? Um engano? Apenas uma coincidência de nomes? Ou será que ele tinha lido o livro e depois se esquecido, e, quando acreditou ter tido uma ideia sua, estava apenas se lembrando da ideia de um outro? Mas logo a verdade se revelou ainda mais assustadora: em letras menores, abaixo do título, o seu Amir apontou o nome do autor: Primeira Pessoa do Singular. Diante do inexplicável, a mente de Jesus paralisou. Como era possível que o livro já existisse e que tivesse sido escrito por ele mesmo? E o seu raciocínio não se movia nem para diante nem para trás, engarrafando o trânsito do fluxo cerebral.

Do outro lado da cidade, Constança entrava num táxi e seguia em direção à pequena casa no Grajaú onde se encontraria com o seu escritor preferido do momento. Quando passou pela Avenida Princesa Isabel, cruzou com um grupo de pessoas que descia em direção à praia carregando tochas acesas, todas vestidas de preto, com o rosto escondido, só os olhos à vista. Andavam lentamente, cantando alguma coisa lúgubre, arrastada. Dir-se-ia que era uma procissão de Jesus Morto não fosse pela ausência de uma imagem do protagonista.

Você não se lembra, não é, meu filho?, e o seu Velhinho chamou Jesus de filho pela segunda vez. E o fez rememorar que ele havia trazido, nessa mesma pasta de couro, o manuscrito do mesmo livro no dia seguinte à morte dos pais; que os dois haviam feito juntos a revisão durante semanas, tomado todas as decisões concernentes à edição — cor da capa, tipo do papel, estilo da letra e tudo mais. *Me custou uns bons meses de dedicação... Mas, quando ficou pronto, você não quis receber; se trancou dentro de casa e sumiu. Deus é testemunha de quantas vezes eu tentei te entregar!*

Genuíno Jesus não se lembrava de nada, absolutamente nada, mas deduziu que havia escrito o mesmo livro duas vezes. Não havia outra explicação possível. Mas não atinou com a razão que o teria feito se esquecer. Lembrar a razão de um esquecimento é dupla tarefa de procura; há que se procurar pela coisa esquecida e pela razão do esquecimento.

Deixou-se ficar em silêncio por uma imensidão de tempo, olhando para o chão. Decantou uma tristeza funda como o fundo do mar. E então suspirou três vezes e se levantou para sair. Mas, antes, perguntou se podia levar consigo o primeiro e único exemplar de *O livro dos título.* A resposta foi que sim, mas a preocupação do seu Amir era outra: saber o que ele pretendia fazer da vida. *Ninguém pode viver absolutamente sozinho, meu filho,* tomou a liberdade de dizer, chamando ao filho de filho pela terceira vez. E o aconselhou a voltar para o trabalho: *Você não era feliz no hospício?*, perguntou, mas pesando sobre as palavras de modo a fazer a frase soar quase como uma afirmação; sem se dar conta de que, dita desse modo, ela terminava por negar o que afirmava.

Mas Genuíno Jesus mantinha os olhos vidrados na face do terror; e, em lugar de responder, perguntou ao seu amigo: *Pai, me diz: eu sou maluco?* E mais uma vez, entre os dois, o silêncio foi a resposta mais eloquente.

XXIV

O táxi parou em frente ao número indicado no endereço. Era uma casa singela, bem típica do subúrbio, e encontrava-se em bom estado. A rua era arborizada e tranquila, com algum movimento, na maioria de pessoas de idade. A luz do luar passando por entre as folhas das árvores desenhava um rico mosaico de sombras no chão.

Constança atravessou o pequeno jardim da entrada e chegou à porta. Havia um bilhete preso ao botão da campainha:

> *Estarei à sua espera na Casa de Saúde Antoine Artaud, que fica logo mais abaixo, na mesma rua.*

Genuíno Jesus estava sentado num banco de madeira, no centro do jardim; tinha *O livro dos título* no colo. Ainda se acostumava com a novidade de ser louco quando a presença de uma pessoa descendo pela calçada capturou a sua distraída atenção. Sob a luz sombreada da rua, a figura não se definia, mas pelo modo do andar e o movimento dos cabelos percebia-se que era uma mulher. Ela também notou o homem que a observava, mas nenhum dos dois suspeitou quem o outro fosse; e desviaram o brevíssimo olhar que trocaram, obedecendo ao recato usual diante de um desconhecido.

O porteiro, na entrada, tinha os olhos pregados numa pequena televisão, e deu pouca atenção a ela, avisando que poderia passar, que estava sendo esperada no jardim. A curiosidade ainda fez Constança tentar descobrir onde era o incêndio que aparecia na minúscula tela, mas a outra curiosidade foi maior e a fez seguir para o lugar indicado.

E logo estavam um diante do outro: Jesus e Constança. Olharam--se. Olharam-se atentamente e não puderam acreditar no que viam! Do outro lado do olhar, a pessoa que os olhava não era quem deveria ser. Ela não era a Constança dele; e ele não era o namorado dela. Mas miravam-se profundamente apaixonados, do modo como haviam combinado consigo mesmos que fariam. Havia tanto amor no olhar da pessoa em frente que nenhum dos dois teve coragem de decepcionar quem os olhava; e seguiram, improvisando sobre o imprevisto, apesar do enorme buraco de perplexidade que se abriu entre eles.

Constança, disse ele. *Senhorporfavor.meleia@...*, disse ela. E sorriram, confirmando as identidades surpreendentes e aumentando a confusão. Sustentaram o silêncio enquanto puderam, mas era preciso agir antes que a verdade constrangedora se revelasse. Da parte dele, a próxima coisa a fazer seria entregar o livro; da parte dela, perguntar pelo final da estória que ele havia prometido contar pessoalmente. E foi justamente respondendo a essa pergunta que Genuíno Jesus passou às mãos de Constança *O livro dos título*, que havia lhe custado quase vinte anos para escrever. E se arrependeu imediatamente; como se tivesse atirado ao mar a sua própria vida.

Constança, por sua vez, recebeu o livro que não deveria existir antes que ela o tivesse publicado; e, surpreendida pela presença física do objeto, sentou-se no banco de madeira, abriu a bela edição — nova, mas com jeito de livro restaurado — e começou a ler. Genuíno Jesus perguntou se ela queria alguma coisa, uma água, um suco, uma fruta. Um copo d'água, ela quis.

Quando voltou com a água, o suco e a fruta, Constança já não lia. De costas para ele, olhava para a rua por onde pouco antes havia chegado. Ao percebê-lo, virou-se e lhe disse, sem hesitação: *É um grande livro! O maior de todos! Não terminei, nem poderia, pois é um livro circular, feito para ser lido eternamente.*

XXV

Quando emergir da Guerra Civil, o território que um dia abrigou a República Federativa do Brasil estará dividido em 420 estados independentes, oriundos das milícias que se formaram durante os anos de conflito. O novo mapa político terá sido definido em uma infinidade de tratados e armistícios, que ficarão conhecidos como Tratados da Des-União Brasileira ou Des-Tratos da Fundação.

Entre a multiplicidade de novos países soberanos, encontrar-se-á de tudo: Repúblicas Democráticas, Repúblicas Teocráticas — Católicas e Evangélicas —, Monocracias, Monarquias Constitucionais, Monarquias Absolutas, Plutocracias Liberais, Burocracias Ditatoriais, Ditaduras Republicanas, Impérios Ultramarinos, Estados Comunistas, Comunas Estatais, Estados Multirraciais, Cidades-Estado, Reinos Unidos, Nações Indígenas Restauradas, Quilombos Aglomerados, Associações de Moradores, Condomínios Fechados, Clubes de Futebol, Escolas de Samba, Sindicatos Profissionais, Colônias Penais, e até Planos de Saúde e Canais de Televisão terão dado origem a novos países, como a República Autocrática Saúde Melhor e a Oligarquia Doméstica Nossa TV. Quase todos, em verdade e infelizmente, cleptocracias disfarçadas, como antes.

Nesse contexto, onde qualquer mínima identidade de interesses ensejava o surgimento de uma nacionalidade, Genuíno Jesus terá vivido a sua vida e a sua solidão, na agora rebatizada Casa de Saúde Nação Antonin Artaud; um hospício democrático, parlamentar, tolerante e utópico, onde os médicos também são medicados, nem todo o saber é científico e os malucos são pacientes uns com os outros.

Mas deixemos o futuro para quando ele chegar, e voltemos ao dia em que o escritor iletrado se encontraria com a sua paixão, mas quem apareceu foi uma outra pessoa; para quem ele também não era o homem que deveria ser.

Constança se viu forçada a pernoitar na casa de saúde; não por algum desejo dela, mas porque não havia nenhum serviço de transporte funcionando. A cidade estava mergulhada em uma desordem total, com cenas de vandalismo espalhadas por todos os bairros. E a sua Copacabana de predileção ardia em chamas.

Durante o jantar, no qual foi servida a pouca comida que havia na casa, os dois ficaram calados a maior parte do tempo. O pouco que falaram foi sobre a beleza do jardim e da arquitetura do prédio. Em algum momento, Constança atendeu à curiosidade de Genuíno Jesus sobre o trabalho na Books for EveryOne; mas não soube o que dizer quando ele sugeriu a inutilidade de se publicar livros para um povo que não tem na literatura o seu modo de expressão natural. O comentário foi dito sem má intenção, expressando uma preocupação sincera, e deixou uma dúvida incrustada em convicções que se mantinham intocáveis desde quando haviam sido concebidas. Constança quis saber como ele havia conseguido o e-mail dela. *Um livreiro amigo meu se fez passar por um colega do seu pai e, se dizendo em posse de pertences pessoais dele, logrou enganar alguém na Books for EveryOne*, foi a resposta que obteve.

Tiveram grande simpatia mútua, independentemente de não serem quem era esperado que fossem. Nenhum dos dois teve a coragem nem a vontade de enfrentar o mal-entendido; acharam mais confortável habitar a mentira sem malícia que entre eles se desenvolvia.

O jantar terminou e os assuntos já rareavam quando Constança sugeriu que assistissem aos telejornais. Ao entrarem na sala de televisão, Genuíno Jesus teve a chance de explicar como se brincava de A Jogada do Destino, sobre cujo tabuleiro semiapagado eles caminhavam. Ficaram sentados no grande sofá diante do aparelho de TV até bem tarde da noite. O país estava convulsionando. Jesus e Constança assistiram juntos ao começo do fim do Brasil; compartilharam indignações e incredulidades; mas não perceberam a dimensão dos acontecimentos que presenciavam.

Ninguém percebeu. Ninguém esperava que acontecesse. A Guerra Civil Brasileira irrompeu sem que os muitos sinais do seu advento fossem reconhecidos, apesar do estardalhaço com que ela se anunciava. Ou: não foi percebida porque esteve acontecendo desde sempre, mas foi mantida convenientemente acobertada sob um disfarce de normalidade, com os seus conflitos sendo considerados episódios isolados de violência, e não como batalhas de uma única guerra. Apenas quando os seus danos não puderam mais ser confinados à classe dos mais pobres, e os combates vieram bater à porta dos mais ricos, a Guerra Civil foi finalmente admitida como o que sempre foi. Esta é a verdade, ou, pelo menos, esta será a tese de um grupo de historiadores que ficará conhecido como os Neomarxistas do Terceiro Milênio, cuja obra-mestra, *A Guerra Civil perene em tempos de uma paz ilusória*, encontrará uma boa aceitação por parte de velhos comunistas e enorme resistência de jovens liberais.

Outro grupo de doutores, os Psicologistas da História, advogarão em seu livro *O mito vazio* que a negação da guerra iminente será devida a um processo narcísico de projeção do ego na figura de um líder paterno, protetor e salvador; o que terá conduzido toda pessoa a idealizar os seus políticos de escolha, vendo neles a imagem da perfeição; como se não estivessem todos sujeitos aos mesmos pecados. A crença na vinda de um salvador da pátria na figura de um líder operário ou de um intelectual reconhecido internacionalmente, ou de um apóstolo messiânico, ou de um militar nacionalista, ou mesmo de um hippie atualizado, ou de um ecologista honestíssimo terá permitido a toda pessoa se desobrigar da sua contribuição individual para o bem comum. *A solução virá de um outro; igual a mim, mas que não sou eu*, todos queriam crer, e, até que este paladino chegue, cada um se sente autorizado a cuidar apenas de si mesmo, afirmarão os psicologistas.

Agregando forças à corrente progressista, uma antiga linha de pensamento ressurgirá sob a égide dos neoanarquistas. Em seu livro

A tirania das obrigações, este grupo defenderá a tese de que o povo, assoberbado de deveres para com o Estado, e para com as empresas privadas também!, não tem tempo para organizar a sua defesa contra os desmandos da classe política. Todo o tempo da vida se esvai em atender as imposições das instituições: pagar impostos, pagar contas de luz, de gás, de televisão etc., ir ao banco ou entrar no site do banco, descobrir como funciona o site do banco para concluir que ele não funciona, mudar de banco, voltar para o antigo banco, tentar um terceiro, dever aos bancos todos, preencher formulários pormenorizados para planos de saúde, processar planos de saúde por falta de atendimento, perder, recorrer, quase morrer, obedecer a leis de trânsito estapafúrdias, ter que renovar a carteira de motorista como se alguém desaprendesse a dirigir, portar documentos de identificação, tudo ter que lavrar em cartório, ligar para o cartório, reclamar do preço absurdo do cartório, agendar na internet a renovação do passaporte, agendar na internet a vistoria do automóvel, agendar na internet tudo e mais alguma coisa e os sites serem sempre confusos e estarem frequentemente indisponíveis e não oferecerem datas para agendamento, declarar a renda, estudar a declaração de renda, se mover no labirinto de uma declaração de renda, ter a declaração de renda contestada, chorar sobre a declaração de renda, contratar um contador, ser roubado por ele, conseguir um outro contador, contratar um advogado, ser roubado por ele, contratar um outro advogado para processar o advogado e o contador anteriores, desistir de todos os processos porque nunca serão julgados, ter que pagar para desistir, atender o telefonema das empresas vendendo coisas que não queremos comprar, responder não a todas as ofertas falsamente lucrativas oferecidas pelo comércio, verificar o xingamento do dia nas redes sociais, postar alguma coisa sobre si mesmo, fazer exames regularmente, fazer ginástica, se divertir, amar, sofrer de amor, educar os filhos, educar os filhos, educar os filhos, comer três vezes ao dia, ir ao banheiro, tomar banho etc. etc. e ainda: trabalhar, ganhar dinheiro para pagar por todos os serviços que tornariam, em tese, a vida mais fácil, e descansar.

Segundo a compreensão desses intelectuais, a estratégia desenvolvida pelos políticos e seus comparsas da elite econômica, com o conluio do funcionalismo público, terá sido criar um número tamanho de obrigações de modo que seja humanamente impossível cumpri-las todas; assim, mantém-se o cidadão sempre devedor ao Estado, às instituições e a si mesmo; tornando-se, em consequência do seu fracasso, um refém da depressão e da máquina administrativa; e da classe política, operadora do Estado, por consequência. Ocupado na realização de tantas tarefas, ninguém nunca terá tempo para nada, muito menos para organizar uma resistência política.

Sem um documento fornecido pelo Estado, uma pessoa não consegue provar ao Estado que ela é quem diz ser. O Estado é o dono das identidades. E, para camuflar a máquina de opressão que em verdade é, o Estado passa a ser apresentado como uma organização que tem interesses próprios; interesses que estão acima dos de cada indivíduo porque representariam o interesse da coletividade, denunciarão os neoanarquistas. E demonstrarão: os políticos afirmam repetidamente que "o Estado precisa", "far-se-á tal coisa pelo bem do Estado", ou "o Estado não pode arcar". Ora, o Estado somos nós, dirão esses pensadores. Como pode o Estado querer uma coisa que a imensa maioria de nós não quer? Troque-se a palavra *Estado* por *todos nós* e será mais difícil para a classe política esconder, sob o pretenso interesse do Estado, o que é, na verdade, o interesse dela! *Todos nós queremos aumentar os impostos; todos nós queremos ser parados pela polícia sem razão alguma, todos nós queremos que nossos filhos paguem impostos sobre o que doamos a eles, todos nós queremos que os políticos tenham direito a carro oficial, regalias sem fim, assessores, casa paga, e mais subsídios de todos os tipos etc. etc.* Dito assim, percebe-se a falácia que se esconde por trás do proclamado interesse do Estado.

Em sua proposição mais radical, os neoanarquistas afirmarão que não existe Estado, do mesmo modo que não existe pessoa jurídica! Tudo são disfarces do interesse de alguém! Por trás de toda pessoa jurídica existe uma pessoa física ou um grupo delas; do mesmo modo que por trás de todo Estado existe a classe política. As empresas não se autogovernam, do mesmo modo que o Estado não tem vontade própria! Quando uma empresa lucra, quem fica rico é o dono dela, ou os donos; e não ela mesma, que é mero disfarce das pessoas reais a quem pertence. Quando o Estado fica rico, quem se beneficia dessa riqueza é a classe política que o administra, e não o povo a quem o Estado deveria servir.

No entanto, os jovens neoanarquistas não defenderão o desaparecimento do Estado, como alguns de seus predecessores. Vão propor um aperfeiçoamento da democracia: que o poder já não emane do povo e em seu nome seja exercido; e, sim, que o poder permaneça com o povo e por cada indivíduo seja exercido. Estes jovens e intrépidos teóricos acreditarão que a perversão das funções do Estado se opera na delegação que o povo faz ao governante. Ao transferir o exercício do poder a alguém, cria-se a figura da autoridade; esta se apropria do poder coletivo e passa a exercê-lo em proveito próprio. A delegação, a mínima que for necessária, deverá ser operacional apenas, restrita e limitada; e não uma transferência efetiva de liderança. Esta deve permanecer na mão de todas e de cada uma das pessoas, inclusive das crianças. Para maiores complexidades, leia-se: *A potência do indivíduo* e *O Estado mínimo necessário*, duas coletâneas dos mais expressivos textos neoanarquistas.

Essa visão de mundo enfrentará o desprezo de todas as correntes do pensamento, e as suas propostas, pouco convencionais, serão amplamente ridicularizadas e consideradas irrealizáveis. No entanto, serão postas em prática — por pouco tempo, é verdade — na efêmera experiência dos Estados Anárquicos Gerais; países mínimos — cujo número de habitantes não ultrapassará a casa da centena — que lograrão existir nos desvãos da Guerra Civil, mas que logo serão subjugados por outros de maior poder bélico.

A ideologia dominante no período, e que dará sustentação à maioria dos governos, será mesmo o fascismo. As suas diversas correntes agrupar-se-ão sob dois movimentos principais: Renovação Conservadora e Renovação Conservadora em Cristo. Os seus defensores publicarão uma série de trabalhos de base, dos quais se destacarão: *A hierarquia das sociedades*, *Barbárie e primitivismo nas culturas africanas*, *Os direitos do capital*, *O mercado libertário*, *Estatismo e demagogia*, *A coragem de ser elite*, *Nós não somos racistas, somos brancos*, *Deus é poder*; e, sobretudo, a novela de propaganda ideológica *O escravo ingrato*, grande sucesso de vendas, que virá, inclusive, a ser adaptada para a televisão.

Além das aqui mencionadas, muitas outras teorias serão construídas na tentativa de explicar o desaparecimento do Brasil. Nenhuma delas logrará êxito. O fato histórico permanecerá órfão de unanimidade, e a sua evidência desafiará os mestres das ciências sociais nos séculos por vir.

Esse será o futuro que Jesus e Constança não anteviram na noite em que se conheceram. Embora estivessem estarrecidos com a desordem que tomara conta da cidade, não se alarmaram o suficiente, e terminaram por adormecer de exaustão. Aconchegaram-se quase abraçados, próximos a ponto de perceberem a respiração um do outro, havendo flertado com a possibilidade de compartilharem um toque de afeição que os teria conduzido, certamente, a maiores intimidades. Mas hesitaram. Já sonolentos, os seus últimos pensamentos daquele dia foram dedicados a imaginar como a vida seria se viessem a se apaixonar e saíssem desse encontro inusitado rumo a um compromisso de amor; divagaram sobre a beleza de um romance que se iniciasse de modo tão improvável, mas se perguntaram também se aquela atração não era apenas uma fuga da noite negra que o país atravessava. E adormeceram.

Constança acordou no meio da madrugada silenciosa; e só então compreendeu exatamente o que havia se passado no seu coração. Olhando para *O livro dos título*, se deu conta de que aqueles e-mails todos, que ela havia crido comporem uma obra de ficção, eram em verdade o relato da vida real daquele maluquinho que dormia ao seu lado. A paixão pelo namorado publicitário abrandou imediatamente. Se ele não era o escritor que ela imaginava, não era por ele que ela tinha andado recentemente apaixonada. E o encanto daquele homem divorciado, com uma ex-mulher e duas filhas, murchou como um útero esvaziado pelo aborto de um feto malformado. Mais um amor que se extinguia...

Constança levantou-se com cuidado para não acordar Jesus, procurou o vigia na entrada e perguntou se havia algum computador que ela pudesse usar. O homem, obcecado pela pequena televisão onde ainda se noticiava o caos que pelo país se alastrava, indicou que ela poderia se valer da máquina que estava na enfermaria.

Constância da Luz — e não Constança Luzia —, era esse o nome correto da verdadeira paixão de Jesus. Ela havia de fato se graduado em literatura na mesma Saint Mary's University que ela, no entanto, dois anos depois. Vivia, havia muitos anos, em Arcachon, no sul da França. Estava casada com o segundo marido, Bernard Bertrand Dubois, um produtor tradicional de vinhos; tem dois filhos, Marie Louise e Pierre Danton, ambos do primeiro casamento com Louis Denis, um editor da famosa casa Éditions Gallimard; ministra aulas de literatura na universidade da região. Endereço: Boulevard de la Plage, 1 — 33120/ Arcachon/France. Publicou a tese de doutorado: "Rock'n'roll's poetry as self-help literature", entre outros trabalhos acadêmicos.

Quando acordou, Genuíno Jesus encontrou ao seu lado, preso sob o peso de *O livro dos título*, o bilhete contendo as informações sobre o paradeiro da autêntica Constância.

Obrigada pela companhia nessa noite trágica, e me perdoe por ser a outra.

Constança

XXVI

A encomenda foi enviada para a casa dos Bertrand Dubois na última remessa feita pelo correio brasileiro antes da falência total dos serviços públicos.

Constância já não tinha laços com a sua terra natal havia muitos anos. Os parentes mais próximos tinham imigrado ou morrido; e a insegurança e a insalubridade social a fizeram recear o país da sua infância. Com a velocidade que a vida assume com a chegada dos filhos, e mais as obrigações do trabalho e da casa, e o persistente projeto de escrever um romance, visitar o Brasil terminou por se tornar uma hipótese remotíssima, e o laço foi se afrouxando até quase se desfazer.

Obviamente, ela não tinha a menor ideia do que era, de onde vinha, ou quem havia enviado aquele livro bizarro, cujo autor se assinava Primeira Pessoa do Singular e o texto era uma lista infindável de títulos enfileirados, sem ordem aparente; sem prefácio, sem posfácio, impresso na obscura Al-Qabu Edições Brasileiras, que nem site na internet tinha.

Nem tampouco fazia o menor sentido para ela o bilhete que veio pregado com um clipe na contracapa:

Querida Constância minha,

Envio-te este livro que traz o cânone não lido de Genuíno Jesus Cristóvão do Amanhã, e que foi escrito para conquistar o seu amor. Nenhuma mulher foi amada com maior paixão do que você, não tenha dúvidas disso. A lembrança da sua inteligência e beleza, da graça da sua pessoa, e da sua erudição sustentou a minha frágil lucidez por todos esses anos. Mas não posso mais resistir, minha querida. O Pai pede que eu realize a obra dele. Despeço-me de ti, pois entrego-me agora à minha missão. Seja feliz, minha amiga, meu amor. Beijos no marido e nas crianças. Amém!

P.S.: Se quiser, siga-me no Instagram. JesusCristoAutenticado.

Nenhuma recordação explicava todo aquele disparate. No entanto, o livro absurdo era uma edição tão caprichada, bonita como coisa, como objeto, que Constância o deixou na mesa de centro da sala, em companhia dos livros de arte.

E lá ele haverá de permanecer por muitos anos. E algumas visitas, e ela mesma e o marido, e os filhos quando crescerem, passarão os olhos distraidamente por aquelas páginas; e, certamente, *O livro dos título* haverá de distrair os seus despreocupados leitores com acidentais sugestões de pensamento.

XXVII

Durante os seus anos de pregação, Genuíno Jesus Cristóvão do Amanhã será prolífico em sua produção. Criará uma obra composta por fábulas, jogos, paródias, parábolas e teorias; e o que dirá será sobre política, filosofia, filologia, etimologia, semiologia, história, sucesso financeiro e muitos conselhos de utilidade pessoal, tais como: métodos de organização de armários, truques de limpeza para banheiros e cozinhas, segredos para tirar manchas de gordura, técnicas para cortar o gramado e, até, dicas de tricô. Sobre o Pai Divino, ele nunca falará; nenhum dos seus ensinamentos será de ordem espiritual. Aquele Jesus será um deus da vida prática.

As dissertações do Cordeiro de Deus, sempre recheadas de humor e anedotas, farão um enorme sucesso junto aos malucos do hospício, mas Jesus não escreverá, nem permitirá que se escrevam, os seus ensinamentos. As suas palavras serão lançadas ao vento.

O Filho do Homem dirá ter ouvido do próprio anjo Gabriel que a sua mensagem estará mais bem guardada e será mais bem transmitida pela mobilidade da tradição oral do que pela paralisia de um texto escrito. Pasmem! Segundo esclarecimento prestado aos lunáticos evangelistas, toda mensagem, quando aprisionada dentro de um livro, torna-se refém da hermenêutica e dos seus donos. E fica assim sujeita à perversão dos eruditos. *A Bíblia*, diversos autores. Enquanto que, flutuando na memória, com facilidade a mensagem se atualiza; molda-se às idiossincrasias das contemporaneidades, conforma-se aos estilos de cada época, adapta-se às novas tecnologias, negocia com os novos conceitos, descobre-se na evolução das palavras... Enfim: livre na boca, movendo-se eternamente equilibrada sobre a sua essência, a mensagem se perpetua; e nunca deixa de pertencer à pessoa comum.

Tudo isso ele saberá intuitivamente, ou terá lido em algum livro do qual não se lembrará. Talvez em *Il trattato sulla claustrofobia della scrittura*, de autoria do Abate Pietro Camminatore del Montalcino, cuja publicação no século 14 custou ao chefe da Abbazia di Sant'Antimo um processo movido pela Santa Inquisição por suposta apostasia.

Seja por sabedoria própria ou por mera repetição de sabedoria alheia, o trabalho messiânico de Genuíno Jesus Cristóvão do Amanhã sobreviverá apenas na lembrança do pequeno grupo de doentes mentais da Casa de Saúde Nação Antonin Artaud; e ganhará caminho por entre os labirintos do acervo cultural da humanidade pelo relato feito por este seleto colegiado de lunáticos aos seus descendentes. Mas desconfiamos que o seu evangelho não frutificará, e se perderá por inteiro, como água da chuva devolvida aos mares.

Seu Amir, o livreiro, viverá muitos anos; haverá de dobrar o cabo do centenário; e terminará os seus dias morando no hospício, dependendo dos cuidados do filho, que é fruto do seu relacionamento extraconjugal com Maria Cristóvão. Durante os anos da Guerra Civil, ele se valerá desse amistoso convívio, e tentará, por diversas vezes, contar a Jesus as circunstâncias que levaram a mãe do rapaz a se envolver em tantos amores; chegará a mencionar a infidelidade de José do Amanhã, que seria amante da cunhada, Madalena Cristóvão. Cometerá essas indiscrições, não por um desejo de maldizer o rival — de quem, inclusive, era amigo —, mas com a intenção de abrir espaço no coração do filho para que ele possa perdoar a mãe.

Mas Jesus nunca o deixará avançar sobre o assunto, demonstrando desinteresse e tédio para com o tema; e, frequentemente, pedirá ao velho que deixe essas fofocas de lado, e continue lendo para ele o भगवद् गीता, ou *Bhagavad Gita*; pois que terão desenvolvido o costume de ler em voz alta grandes obras da literatura universal.

Serão muitos os livros que seu Amir lerá para Jesus. *Love's labour's lost*, de William Shakespeare, *The comedy of errors*, de William Shakespeare, *Twelfth night*, de William Shakespeare, *L'avare*, de Molière, *Le malade imaginaire*, de Molière, *L'école des femmes*, de Molière, Ορέστεια, de Ésquilo, Μήδεια, de Eurípides, Ἀντιγόνη, de Sófocles, Οἰδίπους τύραννος, de Sófocles, *Rasga coração*, de Oduvaldo Vianna Filho, *A família Titanic*, de Mauro Rasi, *Vestido de noiva*, de Nelson Rodrigues, *Detalhes tão pequenos de nós dois*, de Felipe Pinheiro, *O beijo no asfalto*, de Nelson Rodrigues, *Leben des Galilei*, de Bertolt Brecht, *Ópera do malandro*, de Chico Buarque, *Do fundo do lago escuro*, de Domingos Oliveira, *O auto da Compadecida*, de Ariano Suassuna, *O homem primitivo*, de Graziella Moretto e Pedro Cardoso... E todo o teatro que deu tempo de ler! Sem o saber, o livreiro assim libertará o filho do vício da leitura silenciosa. As sessões exercerão uma função terapêutica sobre o organismo do viciado — maltratado pela adição de tantos anos! — e agirão como um tratamento de desintoxicação, que terminará por livrar Genuíno Jesus da dependência química da leitura alienante. Muito do sucesso da terapia se deverá ao fato de seu Amir ser um exímio leitor: lia uma palavra de cada vez; sujeito, verbo e predicado; e obedecia a todos os sinais de pontuação. Um artista!

A única pergunta que Jesus fará ao pai de sangue será quanto à razão de o terem batizado com o nome do filho do Deus católico. E ficará triste ao saber que foi por brincadeira que os pais ateus, intelectuais materialistas, chamando-se José e Maria, não resistiram à tentação de batizar o filho com o nome que completaria a Sagrada Família. Jesus sentirá desprezo pela iconoclastia vulgar dos progenitores; e se vingará em segredo, cedendo definitivamente aos apelos da Voz, e abraçando a sua filiação divina.

As demais pessoas que cruzaram o caminho de Genuíno Jesus desaparecerão da vida dele do mesmo modo que ele desaparecerá da vida delas, como é comum e natural que aconteça. Mas de Constança, a outra, ainda lhe chegará uma notícia, muito tempo depois dos acontecimentos presentes.

O seu Velhinho Livreiro nunca terá deixado de se manter atualizado em relação às novas técnicas de edição; e será um adepto entusiasmado do livro eletrônico, para surpresa e reação contrária dos puristas do hospício. E será através dessa modernidade que lhe chegará à publicação de *O diário de guerra de Constança Luzia*, organizado por Clementina Ayokunlé; que vem a ser a autora de *O trágico destino dos Whatsapp*, livro de enorme sucesso em África, onde foi publicado com o nome de *A boneca humana*.

Os textos do diário cobrem os anos que se iniciam com a viagem a Portugal em companhia do pai e da irmã, e terminam com a integração da autora a uma tribo de índios kaapor, no sul do que um dia foi o estado do Maranhão. Constança faz uma descrição pormenorizada dos tempos da guerrilha rural, quando atravessou o país rumo ao interior do Nordeste, engajada no Exército de Todos os Povos, braço armado do movimento de esquerda República Multirracial Brasileira, que visava reunificar o país sob uma Constituição pluralista.

A autora confessa ao seu diário, com a coragem e a sinceridade de quem espera ser lida um dia, o processo que a levou a se tornar um soldado da liberdade. Refere-se à agressão que lhe infligiu um traficante de drogas como o momento em que o seu coração se embruteceu e o seu discernimento se confundiu; e, ao fim de suas confissões, admite algum remorso; sem, no entanto, se arrepender do que fez em defesa da sua causa.

> Eu disparava a minha arma contra o inimigo, mas ele não tinha rosto para mim; estava escondido num coletivo militar, não se individualizava. Eu não sei se algum dos meus tiros matou alguém. Às vezes, eu imagino que sim, e a imagem de um homem morto aparece para mim; mas eu me desfaço dela rápido, como quem espanta uma mosca. Me acontece raramente. Eu não penso nisso com frequência.

A ex-editora-chefe da Books for EveryOne não poupa o leitor dos detalhes de seu rigoroso confinamento, e das violações que sofreu, sob a ditadura militar da República do Sertão do Meio, de onde foi resgatada por uma ação dos kaapor que visava libertar alguns jovens da tribo, raptados para servirem como escravos na lavoura de fazendeiros locais.

A partir de sua libertação, o livro deixa o tom sombrio e passa a descrever a felicidade encontrada junto à tribo de índios. Sem idealizar a cultura tupinambá — sujeita às imperfeições do ser humano, como todas —, Constança descreve, com viva intensidade, como aprendeu um novo modo de estar no planeta, de se alimentar, de se vestir, de se compreender, de compreender o Brasil, de viver o dia e de amar.

Apesar da proximidade dos 45 anos, que é uma idade bastante avançada para uma mulher kaapor, Constança casou-se com o curandeiro Anankanpuku, com quem teve um filho, Oropó Milagre Assunção.

Durante todos os anos de seu envolvimento na luta armada, manteve contato com a irmã, Amanda Luzia Assunção Tavares; e conta entre os dias mais alegres de sua vida aqueles em que recebeu a ela, ao marido, Antônio Carlos Tavares, e aos sobrinhos, Pedro e Paulo, na aldeia kaapor logo ao fim dos conflitos da Guerra Civil.

Na véspera de Amanda Luzia voltar para o Canadá, onde havia passado a residir, as duas irmãs depositaram nas águas do Rio Turiaçu as cinzas do pai, Salvador Assunção, que estavam sob a guarda da caçula desde que ele havia falecido na cidade de Lisboa. O velho solitário em momento algum empreendeu viagem aos Montes Atlas ou a qualquer outra montanha. As fotos que enviou do Marrocos eram falsificações realizadas por ele mesmo com a ajuda de um enfermeiro amigo. Sabendo-se já muito doente, Salvador passou os últimos meses de vida internado em um ótimo hospital da capital portuguesa, com uma vista privilegiada sobre a foz do Rio Tejo; e sorveu cada segundo da sua agonia serenamente, com alegria e gratidão, apesar de estar imensamente preocupado com as filhas, atreladas que estavam às mazelas do Brasil. Manteve a curiosidade sobre o mundo até o último momento e desapareceu sem dar trabalho a ninguém, como desejava; ao que dizem, assistindo ao noticiário na televisão.

O livro não reproduz os e-mails que Genuíno Jesus enviou para Constança, por evidente respeito à privacidade dele, mas faz menção à correspondência com enorme carinho, enfatizando a importância que teve, para ela, sentir-se merecedora de um amor irrestrito, ainda que tenha sido por engano; e o quanto a lembrança daqueles dias de ilusório acolhimento a ajudaram a manter as esperanças nos piores momentos; e como ela escapava do cárcere ao imaginar-se editando um livro de amor romântico onde aquela história teria um desfecho idealizado.

A violência que nos assombra é sempre a do outro e nunca a nossa. Para o invasor, a reação do nativo é uma agressão injustificada; e não a luta por liberdade, que em verdade ela é. Esta reflexão do chefe Piriã, recolhida pelo antropólogo Carlito Chapéu em meados do século 20, e publicada em seu estudo *O que pensa hoje o índio brasileiro*, serve de epígrafe ao diário da guerrilheira.

Depois de ouvir a leitura de trechos do livro, pronunciados com delicadeza e cuidado pelo seu Amir Livreiro, Genuíno Jesus comentou com o pai que aquela moça merecia a felicidade que encontrara, que ela era uma boa pessoa, gentil e muito bonita, e que ele teria tido uma vida com ela se já não fosse um homem comprometido. Depois tomou o remédio que havia trocado com um outro doente e foi se preparar para a pregação do meio-dia.

XXVIII

Constância não era viúva ainda, mas o marido já ia bastante doente fazia alguns anos. Ela tinha cinco netos e ainda trabalhava; não mais como professora, mas como coordenadora de um curso de formação pedagógica em Bordeaux, para onde havia se mudado. Com a chegada da idade, viver perto de hospitais passou a ser uma conveniência tranquilizadora.

Além de diversos trabalhos acadêmicos sobre a cultura pop dos anos 60 e 70, Constância havia escrito três romances; dois deles, *Une vie vide* e *Un amour pour personne*, obtiveram um enorme sucesso de crítica, mas venderam modestamente; devido ao seu caráter experimental, julgam alguns. O terceiro, *La vie des gens*, foi um grande sucesso de vendas, a despeito do desprezo da crítica especializada, que o considerou uma estória simples contada de modo mais simples ainda, e não viu nisso qualidade alguma.

Dedicava-se, no momento, ao seu primeiro livro de memórias. Mas o trabalho não lhe corria bem; o texto não fluía e ela não atinava com a razão. Desde muito tempo que ela pensava em francês, votava em francês, amava em francês, sonhava com os filhos em francês; e, portanto, intencionava escrever as suas memórias em francês. Já tinha escolhido até o título: *Un trop de mémoire*. Mas as suas lembranças em francês pareciam a tradução ruim de um livro mal escrito. Constância se escondia do óbvio, e não admitia a hipótese de ceder ao razoável, que seria escrever na língua dos acontecimentos; e quando, finalmente, capitulou e aceitou fazê-lo, descobriu que a sua própria história lhe aparecia dublada: os seus amigos, os seus professores, os seus namorados, até mesmo os seus pais e o irmão falavam francês nas suas lembranças; mas as palavras não cabiam certinho no movimento dos lábios, denunciando que a língua original se escondia por trás da que soava. E quando o português logrou irromper por entre a sonoridade do idioma alienígena, ela se sentiu ainda mais estrangeira: tinha que apurar o ouvido para entender o que estava sendo dito; e, mesmo assim, perdia o significado de algumas palavras. O seu passado parecia-lhe aprisionado em uma língua que ela já não falava mais. *Como é possível um país inteiro desaparecer de dentro de uma pessoa?*, ela se perguntava em francês. E nada se esclarecia.

Sentada na sala, Constância olhava para a mesa de centro e, do centro da mesa, *O livro dos título* olhava para ela; mas ela olhava sem ver porque a sua atenção estava voltada para dentro, onde ela buscava a solução para as suas angústias criativas. Já era tarde da noite, ela cansou e desistiu de enfrentar o problema na urgência daquele momento. Estendeu a mão e pegou o livro. Leu algumas páginas salteadas, com descuidada atenção:

> ***Der mann Moses und die monotheistische religion***, de Sigmund Freud, ***Livro do desassossego***, de Fernando Pessoa, ***The one inside***, de Sam Shepard, ***O tempo e o vento***, de Erico Verissimo, ***On the duty of civil disobedience***, de Henry David Thoreau, ***Calabar: o elogio da traição***, de Chico Buarque e Ruy Guerra, ***Der ursprung der familie, des privateigenthums und des staates***, de Friedrich Engels, ***O alienista***, de Machado de Assis...

E, de repente, como uma assombração de outro mundo, ergueu-se sobre ela, gigantesca, a imagem de Genuíno Jesus, ainda jovem, oferecendo o corpo magro a uma Constância, igualmente jovem, que lhe pedia ajuda. A sensação daquele abraço ossudo e seco como a caatinga, mas disposto com virginal pureza, se tornou presente como se nunca passara (Camões). E Constância se lembrou de tudo, que era o pouco que havia para ser lembrado, mas lembrou em pormenores: o diálogo no escritório sobre Werther, a carona até o Leblon, o reencontro meses depois, Killers of the Future, a conversa noturna no sofá da sala, o sorvete de creme — até o sabor lhe veio à boca — e a promessa de que a amizade dele por ela venceria a distância e o tempo. E tudo o que lembrou falava um português cristalino.

Constância releu o bilhete que ainda sobrevivia guardado dentro do livro; e consternou-se ao compreender que naquela noite Jesus havia se valido da palavra amizade porque tivera pudor de confessar uma paixão para a vida inteira. Não teve dúvidas de que o pobre rapaz havia perdido a razão. Talvez ele já estivesse a caminho de perdê-la naqueles dias de juventude.

Embora não fosse atenta às modernidades das redes sociais, ficou prisioneira de uma curiosidade irresistível e foi bisbilhotar o Instagram do ressuscitado JesusCristoAutenticado. E lá encontrou uma longa série de fotos, que cobriam os quase 40 anos em que Jesus esteve dedicado a sua pregação. As imagens não têm legenda e são todas muito semelhantes: Jesus está sempre num jardim, vestido com uns lençóes de cores intensas, imitando o modo como é representado nas pinturas do Renascimento; e traz a expressão serena e compadecida de quem se sabe o senhor da verdade; em algumas: sorri olhando diretamente para a lente; em outras: aparece acompanhado de seus seguidores, alguns em camisa de força.

Passando o dedo sobre a tela do telefone, Constância faz a sequência de fotos correr velozmente, e assiste ao envelhecimento do Filho de Deus, numa fração do tempo. E ri, afetuosamente, diante da existência absurda de um Jesus que não morreu.

XXIX

Percorrendo aflito os corredores da Casa de Saúde Nação Antonin Artaud, um jovem Napoleão procura por Genuíno Jesus. *No jardim. Ele está no jardim*; todos indicam.

Jesus arrancava o mato da grama com surpreendente vigor para um homem da sua idade, e comentava com alguns internos sexagenários que aos 70 ele pensou ter vivido a década da sua vida; mas que os 80 estavam prometendo ser muito melhores. E, com o seu otimismo habitual, passou a enumerar os muitos planos nos quais estava empenhado: pintar a sua casa, finalmente arrumar os livros da sua gigantesca biblioteca, limpar os seus jogadores de futebol de botão, colocar para funcionar a máquina de impressão da Al-Qabu Edições Brasileiras — que ele havia herdado do seu Velhinho Livreiro —, reatar o namoro com algumas velhas amigas de loucura, ler *Macunaíma: o herói sem nenhum caráter*, de Mário de Andrade, no ciclo de leituras em voz alta que ele promove toda sexta-feira, iniciar os ensaios de *O pagador de promessas*, de Dias Gomes, com o grupo de teatro amador do hospício; encenação que está sendo aguardada com grande expectativa após o sucesso da sua última empreitada, o clássico da literatura de cordel *O romance do pavão misterioso*, de João Melquíades Ferreira da Silva.

A recitação da sua lista infindável é interrompida pela chegada do jovem militar francês que, ofegante, lhe estende um telefone celular; o mesmo que Genuíno Jesus havia lhe emprestado há alguns anos e que nunca tinha sido devolvido porque não é do feitio de nenhum imperador devolver nada a ninguém.

A tela mostra a página do Instagram de JesusCristoAutenticado, que há muitos anos repousava em sossego. Sobre a última imagem publicada na conta — que é uma selfie dele mesmo tomando um cálice de vinho tinto —, há agora uma mensagem nova, recebida há pouco: *Adorei o livro. Me siga;* enviada por: *LuzConstanteEuMesma*. Jesus localiza o Instagram de Constância. A conta é recente, não é seguida por ninguém e segue a Jesus apenas. Traz uma única postagem: a capa verde-musgo de *O livro dos título*, com as suas letras bordadas com fios de ouro. Arrebatado pelo ápice do seu destino, Jesus abandona o próprio corpo e mira-se das alturas, de onde se descobre crucificado no gramado; um cristo sem sofrimento, sorrindo sem ironia, ainda incrédulo da própria felicidade.

Preconceito linguístico, de Marcos Bagno. À noite, deitado em sua cama, sozinho na casa onde mora desde muito pequeno, Genuíno Jesus Cristóvão do Amanhã, nacional de um país que já não existe, depois de muito pensar no que diria, publica um comentário no Instagram de Constância: a repetição infinita da imagem em miniatura do seu sagrado coração; e volta à leitura:

Uma mulher vestida de sol, de Ariano Suassuna.

Este livro foi composto na tipologia Minion Pro Regular, em corpo 11,5/15,5, e impresso em papel off-white no Sistema Cameron da Divisão Gráfica da Distribuidora Record.